KB007725

몸 수련 마음 수련

지식을 찾고 즐깁니다

몸 수련 마음 수련

유재훈 지음

휴먼큐브

내가 만들어가는 몸, 마음, 호흡

저는 집과 가까운 거리에 체육관이 있어 보통은 자가용을 타고 출퇴근을 합니다. 그런데 어쩌다 지하철을 타고 이동할 때면 지하철을 이용하는 사람들을 유심히 관찰하곤 하는데, 사람들의 어두운 표정과 무거운 호흡이 저의 마음을 억누를 때가 종종 있습니다.

제가 오랜 기간 트레이너로 활동하면서 느낀 점은 많은 사람들이 몸과 마음 수련의 필요성까지는 알지만 어떻게 시작해야 하는지 막막해하신다는 점입니다. 그리고 바쁜 일상 중 시간을 할애하기 어렵다고 생각하고 있으며 막상 알아도 실생활에 적용시키는 방법은 잘 모르기도 합니다.

사실 몸과 마음의 수련뿐만이 아닙니다. 또한 잘못된 호흡법과 잘못된 자세로도 현대인들은 고통받고 있습니다. 이는 심리적인 부분에 영향을 미치고 그러다 정신적인 면까지 힘들어지곤 합니다. 실제로 헬스장에 나와 매일 운동을 하는 분들도, 매일 마음공부를 하는 분들도 간과하기 쉬운 것이 이 호흡과 자세 부분이기도 합니다. 몸 수련과 마음 수련은 서로 상호 보완을 이루고 있어서 한 가지만 수련해서는 반쪽짜리 수련이 된다는 것을 알고 계셔야 합니다.

이 책에서는 우리의 몸과 마음을 왜 수련해야 하며 그것이 왜 중요한지, 그리고 이것이 현대를 사는 사람들에게 어떤 도움을 주는지 살펴보고 현실적인 운동 방법과 식습관 명상법 등을 알려드리고자 합니다.

몸과 마음은 결코 따로 존재하지 않습니다. 우선 마음을 수련하기 위해 몸 수련을 한 후 기본기가 마련되었다면 그 후에는 무엇보다 몸과 마음을 연결해주는 호흡의 중요성까지 깨우쳐야 합니다. 그 훈련법을 알면 마음챙김과 마음공부에 역으로 큰 도움을 받으실 수 있을 것입니다.

이 책은 초보자들도, 일반인들도 쉽게 이해하고 그 방법을 따라 할 수 있게 쓰였습니다. 지금 몸이 경직되어 있고 마음이 힘든 분들에게 제가 오랫동안 회원님들을 가르치며 익힌 노하우를 공유하고자 합니다. 그러니 부담은 내려놓으시고 찬찬히 읽어보시며 따라 해보시면 좋겠습니다.

독자분들이 이 책을 통해 아무쪼록 더 건강하고 행복하고 만족스러운 삶을 영위하실 수 있기를 바랍니다.

2024년 여름을 맞이하며

유재훈

왜 몸 수련을 해야 하는가?

몸 수련을 하기에 앞서서 여러분들이 반드시 알아야 할 사실이 있습니다.

바로 우리의 몸은 감정을 창조한다는 사실입니다.

사랑하는 사람을 보았을 때 심장이 두근거리는 것을 상상해보세요. 으슥한 공동묘지를 지날 때 등골이 오싹하고 머리가 쭈뼛거리며 식은땀이 흐르는 모습은 어떤가요? 직장에서 발표를 해야 하는데 여러 사람들 앞에 서서 긴장하는 모습은 또 어떻습니까? 상대방의 어처구니없는 실수로 중요한 일을 망쳐서 화가 잔뜩 난 내 모습은 어떨까요?

이러한 일들은 나의 몸에 즉각적인 변화를 불러일으킵

니다. 내가 미처 생각하고 말고 할 것 없이 나의 몸속 장기는 물론 몸 밖에 난 미세한 솜털까지 이러한 일에 신속히 적응하거나 다음을 선택할 수 있도록 빠르게 변화합니다. 이렇듯 몸이 변하며 어떠한 신호들을 주고받을 때 비로소 우리는 그것을 감정으로 표출합니다.

조금 더 쉽게 이야기해볼까요?

지금 당장 사랑하는 사람의 사진을 휴대폰 화면에 띄워서 보세요. 어떤 몸 상태 혹은 어떠한 심리 상태가 되나요?

그와는 반대로 내가 싫어하거나 불편한 사람의 사진을 띄워서 보세요. 몸이 어떻게 반응하고 있나요?

우리는 어떠한 하나의 해프닝을 몸이라는 기관을 통해 지각하고 이 지각은 어떠한 생각을 불러일으키며 이러한 생각이 감정이나 느낌을 만들어냅니다.

요즘 세상이 흉흉해서 무서운 뉴스가 심심치 않게 들려옵니다. 길거리 흉기 난동 같은 사건들 말이죠. 이 책을 읽는 독자분들에게 그런 일이 절대 일어나서는 안 되겠지만 만약 여러분 앞에 흉기를 든 사람이 나타나 나를 위협한다고 생각해보세요. 트레이닝이 되어 있지 않은 사람이라면 순간 몸이 굳으며 두려움이라는 감정이 치솟는 것이 당연한 수순일 것입니다.

반대로 이제 막 사랑에 빠져 그 사랑하는 대상과 첫 키스를 하는 상상을 해보세요. 제가 굳이 이 책에 서술하지 않아도 내 몸은 정직하게 반응할 것입니다. 이때 느끼는 감정의 소용돌이는 강도는 각자 다를 수 있으나 모두 경험해보셨을 것이라고 생각합니다.

자, 그럼 여러분들이 생각해보아야 할 것이 있습니다.

우리의 몸은 우리 마음속에서 일어나는 감정을 인지합니다. 또한 우리가 감각기관을 통해 인지하는 것은 감정을 창조해냅니다. 이 사실을 이해하셨다면 우리가 운동을 해야 하는 목적은 바로 건강한 감정을 창조하기 위함이라는 것을 무릎을 탁 치며 알아채셔야 합니다.

감정은 결국 신체 반응입니다. 호흡이 가빠온다, 심장이 빨리 뛴다, 식은땀이 난다, 머리카락이 쭈뼛 선다 등의 신체 변화는 일련의 감정이 창조해내는 것이죠.

자, 그럼 운동을 해야 하는 이유는 더욱더 명확해집니다. 내가 몸을 강하게 만들면 감정에 휘둘리는 일이 적어집니다.

이것을 명확하게 인지하고 운동을 하셔야 합니다.

　보통 세계적인 운동 선수들을 두고 정신력이 강하다고 말하는 것을 많이 들어보셨을 것입니다. 이 사람들은 불굴의 의지를 지니고 일반인이라면 상상도 할 수 없는 고통을 인내하며 자신의 몸을 극한으로 몰아붙여 원하는 것을 성취해내는 사람들입니다.

　그것이 가능한 이유는 어찌 보면 간단합니다.

　육체적인 고통을 견뎌내는 힘이 강해져서 내성이 생기고 익숙해지면 정신적인 고통이나 순간순간 올라오는 감정을 컨트롤하는 힘이 단단해집니다. 정신적인 고통 또한 내성이 생기고 익숙해져서 별거 아니네 하고 툭툭 털고 일어날 수 있는 강인한 정신력이 생기는 것입니다.

　분명히 초보자와 고수의 영역은 확연하게 다릅니다. 수영을 못하는 사람은 물에 빠졌을 때 공포심을 느끼고, 베테랑 잠수부는 물속에서 편안함을 느끼겠지요. 똑같은 물인데도 만들어내는 느낌과 감정이 다를 것입니다.

　이것이 바로 우리가 몸을 통해 익히고 알아가야 할 영역입니다.

여러분이 운동을 하셔야 하는 이유는 아주 명료합니다.

강인한 육체는 반드시 강인한 정신력을 뒤따르게 하며 이러한 강인한 정신력은 여러분을 감정의 널뛰기로부터 자유롭게 만들어줄 수 있고, 말 그대로 강인한 육체와 강인한 정신을 갖게 합니다.

당신이 만약 이른바 '유리 멘탈'이라면 방구석에서 심리 서적을 읽으며 정신분석을 하고 있을 때가 아닙니다. 근처 체육관에 나가서 아령부터 잡으십시오. 1kg 아령도 겨우 드는 몸과 100kg의 중량을 가볍게 들 수 있는 몸의 차이는 엄청난 의식의 변화를 가지고 옵니다.

몸 수련에서 중요한 체력

"체력이 좋은 사람은 성격도 좋습니다."

저는 제가 운영하는 체육관의 간판에 이렇게 적어두었습니다.

오랜 기간 사람들을 트레이닝시키고 관찰해본 결과, 정말 체력이 좋은 사람은 성격도 좋다는 것을 현장에서 많이 느낍니다.

체력이 좋다는 것은 무언가로부터 버틸 수 있는 힘을 말합니다. 그 '무언가'가 육체적인 일일 수도 혹은 정신적인 일일 수도 있지만, 어느 쪽이든 간에 좋은 체력은 자신의 밑바닥을 빠르게 드러내지 않는다는 점에서 역시나 중요합니다.

사람은 누구나 잠을 못 자거나 음식을 못 먹어 허기지거나 극한의 상황에 몰리면 예민해지고 부정적인 부분이 드러나며 정제되지 않은 날것의 모습이 나옵니다. 왜냐하면 이것은 생존과 관계된 문제이기 때문입니다.

어찌 되었든 체력이 좋다면 이러한 모습이 나오는 시간을 조금은 더 지연시키거나 참을 수 있는 힘이 강한 것이기에 이런 사람들은 주위에서 칭찬을 받기도 쉽습니다. 내가 만약 사장이라면 다섯 시간만 일해도 지치는 사람보다 일곱 시간, 여덟 시간을 일해도 버틸 수 있는 사람을 선호하는 것이 당연한 이치일 것입니다.

그래서 우리는 체력을 강화할 수 있는 운동을 반드시 해야 합니다.

▼

체력을 강화할 수 있는 운동

1. 달리기

체력을 강화시키는 운동 중에 가장 먼저 소개해드릴 것은 달리기입니다. 전력질주로 뛰는 달리기가 아니라 평소 걸음보다 조금 더 빨리 걷거나 가볍게 뛰는 달리기를 우선은 추천합니다. 만약 고도비만이거나 뛸 때 무릎이나 발목 등 관절에 무리가 간다면 또 다른 운동법을 시도하셔도 됩니다.

우리에게 가장 기본적인 이동 수단은 우리의 다리이며 곧 그것은 걷기입니다. 그런데 잘 걷는다는 것은 생각보다 어려운 일입니다.

사람은 노화가 진행되면 자신이 자주 취하는 동작에 따

라 몸이 진화하거나 퇴행하는데, 그중 하나가 몸의 좌우 대칭이 안 맞거나 근육의 결 그리고 팔과 다리 길이에 변화가 오는 것입니다.

쉬운 예로 여러분들이 오른손잡이라면 당연히 오른손의 감각이 왼손보다 뛰어나고 근육의 양도 왼손보다 많을 것입니다. 오른손으로 젓가락질을 하거나 글씨를 쓰는 것 혹은 양치질하기는 쉬워도 막상 왼손으로 하려고 하면 매우 어색하고 힘든 것을 바로 확인할 수 있을 것입니다. 이처럼 자주 사용하는 감각과 근육, 그리고 잘 사용하지 않는 감각과 근육의 차이는 엄청납니다.

이러한 이유에서 우리의 하체도 같은 원리로 몸의 감각이 둔해지거나 익숙해지기도 하는데 걷기와 뛰기의 영역에서도 마찬가지로 적용됩니다.

달리기라는 운동 자체는 사실 온몸을 다 사용해서 빠르게 이동하는 감각을 기르는 것, 이렇게 접근할 필요가 있습니다. 우리는 시합에 나가 기록을 단축하는 것을 목표로 운동하는 것이 아닌, 편하게 걷고 뛰면서 체력을 기르기 위해 운동하는 것이기 때문에 이러한 감각에 초점을 맞추는 것이 도움이 됩니다.

　잘 걷고 뛰기 위해서는 전반적으로 하체를 먼저 풀어주어야 합니다. 우리가 손발이 저릴 때 손가락 발가락을 바로 주무르는 것보다 우선 그 주변 근육을 풀어준 다음 손가락 발가락을 주무르면 조금 더 빨리 손발 저림이 편안해지는 것을 느낄 수 있습니다.

　같은 방식의 접근법으로서 몸을 풀 때는 힘이 바로 전달되는 곳부터 풀기보다 가장 멀리 있는 곳부터 풀어주며 스트레칭을 해주면 좋습니다.

　달리기를 할 때는 발가락, 발바닥으로 힘을 전달받고 이 충격은 위로 올라오게 됩니다. 그러니 고관절부터 풀어주고 그다음 무릎, 발목, 발가락 순으로 스트레칭을 해주면 좋습니다. 운동을 할 때 가동 범위를 높여주고 몸에 최대한 무리가 오지 않게끔 풀어주는데, 너무 무리해서 스트레칭을 하기보다는 자기가 움직일 수 있는 가동 범위 내에서 1~2분 내외로 움직이며 몸을 풀어주는 것이 효과적입니다.

　그다음 드디어 필드로 나가 달리기나 빠르게 걷기를 해봅니다. 꼭 트랙이 아니어도 괜찮습니다. 자신의 주거 공간

근처 헬스장에 있는 트레드밀도 좋고 공원이나 강가도 좋습니다. 요새는 트래킹 코스가 잘되어 있는 곳이 많습니다.

달리기 강의

목표 설정을 하실 때는 거리로 하셔도 되고 시간으로 하셔도 됩니다. 초보자분들에게는 거리보다는 시간으로 목표 설정하는 것을 추천드리고 싶습니다. 10분에서 20분 사이로 걷고 뛰기를 반복해보시기 바랍니다. 뛰다가 숨이 턱까지 차오른다 싶을 때 다시 걸으면서 호흡을 편안한 상태로 만들고 호흡이 안정되었다 싶을 때 다시 빠르게 걷거나 뛰어봅니다.

이렇게 숨을 가쁘게 만들면 여러 가지로 몸에 긍정적인 효과를 불러일으키는데 가장 먼저 몸의 면역 체계가 좋아지게 됩니다. 혈액과 호흡이 순환된다는 것은 건강한 몸으로 가는 가장 좋은 첫걸음입니다.

무리가 되지 않는 선에서 걷기나 뛰기를 매일 10~20분 정도만 해주고 초보자 단계를 넘어 조금 익숙해지면 거리를 정해놓고 규칙적으로 기록을 체크하며 운동하는 것도 좋은 방법입니다.

1km를 뛴다고 가정했을 때 200m는 걷고 600m는 빠르

게 걷고 100m는 뛰고 100m는 전력으로 뛰는 식으로 계획을 짜서 걷거나 뛰어보는 것입니다.

사람마다 운동의 계획이나 목적은 다 다르지만 중요한 것은 쉬는 구간과 힘을 폭발적으로 써야 하는 구간을 따로 정해서 운동을 하는 것입니다. 이렇게 조금씩 조금씩 운동량을 늘려가면 쉬는 구간이 줄게 되고 꾸준히 힘쓰거나 폭발적으로 힘을 쓰며 달려도 회복이 빨리 되는 건강한 몸을 만나시게 될 겁니다.

끝으로 중요한 것은 동작과 호흡을 신경 쓰면서 움직임을 만들어가는 것입니다.

달리기가 좋은 운동인 이유 중 하나는 호흡계의 순환이 된다는 것입니다. 우리의 움직임은 편안한 호흡을 필요로 하고 편안한 호흡은 불필요한 동작을 걸러내고 좋은 감각을 기르는 데 도움을 줍니다. 그냥 아무 생각 없이 10분을 달리는 것과 내 몸에 집중하며 10분을 달리는 것은 엄청나게 다른 결괏값을 만들어낸다는 것을 독자분들은 구분하실 수 있어야 합니다.

의식을 무의식화하고 다시 무의식화된 무의식을 의식화

하는 것을 반복하다 보면 나에게 맞는 가장 편안한 동작을 만들실 수 있을 겁니다. 땅을 박차고 밀 때 어떻게 해야 내 몸에 무리가 안 가는지, 어떠한 감각이 나의 이동을 편하게 해주는지 이런 부분을 의식하면서 달리기를 한다면 더 좋은 움직임을 만드는 데 도움이 될 겁니다.

훈련량은 무리가 되지 않게 스스로 조절해보세요. 중요한 것은 감각을 잃어버리지 않도록 꾸준하게 운동하는 것입니다. 주 2~3회 정도 규칙적으로 운동한다면 훨씬 가벼워진 몸과 강해진 체력을 느낄 수 있을 겁니다.

2. 줄넘기

만약 집 근처나 주변에 달리기를 할 만한 장소가 마땅치 않다면 줄넘기를 추천해드립니다.

많은 격투기 선수들이 줄넘기를 보조운동 및 몸풀기 운동 그리고 유산소운동으로 많이 활용합니다. 그만큼 효과가 좋은 운동이라는 이야기입니다.

줄넘기를 할 때는 두 발로 동시에 뛰며 넘는 것이 아닌 양발을 번갈아가며 마치 가볍게 걷듯이 줄을 넘어야 합니다.

줄넘기 강의

QR코드를 찍어 저의 줄넘기 강의 영상을 확인해보시면 어떻게 해야 하는지 쉽게 이해하실 수 있을 겁니다.

오른발로 두 번, 왼발로 두 번 번갈아 뛰는데, 이때 양발의 힘을 5대 5로 주는 것이 아니라 9대 1 혹은 8대 2로 잡고 무게중심을 옮겨 가며 번갈아가며 뛰면 완벽한 줄넘기가 됩니다. 실제로 이렇게 줄넘기를 하면 한 시간도 무리 없이 줄넘기를 할 수 있는 실력이 됩니다.

처음 줄넘기를 시작하는 분이라면 줄에 걸리지 않는 시간을 늘려주십시오. 처음 하는 분들은 줄을 10~30번 넘는 동안 한 번도 걸리지 않는 게 힘드실 수 있습니다. 차츰 줄에 걸리지 않는 시간이 길어진다면 1회에 2~3분씩, 3~8세트 정도 하는 것을 추천드리고 세트 사이에 20~30초 정도 쉬어줍니다. 이렇게 대략 15~30분 사이로 줄넘기를 하면 충분히 몸에서 땀이 나는 것을 확인하실 수 있을 것입니다.

양발 번갈아 줄넘기가 쉬워졌다 싶으시면 그다음에는 한 번 도약에 줄을 두 번 돌리는 '쌩쌩이'를 추가해서 훈련해보는 것도 좋습니다. 1분 동안은 보통 넘기를 한 다음 쌩쌩이

20회, 또 1분 보통 넘기 후 쌩쌩이 20회, 이런 식으로 쉬운 구간과 힘든 구간을 섞어서 줄넘기를 하면 효과는 몇 배로 좋아집니다.

3. 체력을 강화시키는 다른 운동들

달리기나 줄넘기도 무리가 된다면 걷기나 가벼운 등산 혹은 맨발 걷기를 추천합니다.

요즈음 산에 가면 맨발 걷기를 하는 분들이 예전에 비해 많이 늘었습니다. 저 역시 웬만한 산들은 모두 맨발로 걸어서 등반합니다. 맨발로 산행을 하면 매우 느리게 올라야 합니다. 정말 엄청난 주의와 집중을 필요로 하지요. 하지만 꼭 등산을 할 필요 없이 집 근처 공원에서 천천히 맨발 걷기를 하는 것만으로도 많은 신체적, 정신적 변화가 일어날 것입니다.

중요한 것은 운동을 가급적 같은 시간에 하는 것입니다. 불규칙적으로 하는 것보다 같은 시간에 꾸준히 한다면 더 드라마틱한 변화를 느끼실 수 있을 것입니다.

가벼운 산행이나 맨발 걷기도 시간이 안 되거나 힘들다 하시면 집에서 방석을 깔아놓고 절을 하십시오.

이것은 어떠한 종교적 의식으로 권하는 것이 아닙니다. 사실 절을 하는 동작에는 모든 전신 운동이 다 들어 있습니다. 두툼한 방석 위에서 하루에 10분 정도만 해도 땀이 비 오듯 나는 분들도 계실 겁니다. 만약 가족사진이 거실에 걸려 있다면 가족을 생각하며 그 사진에 대고 절을 하는 것도 좋은 방법이 될 것입니다.

나의 몸을 낮추면 나의 마음 또한 낮아지는 것이 느껴지실 겁니다. 진심으로 하심下心하는 법도 익힐 수 있을 것이며 꾸준히만 한다면 정말 몰라보게 건강해지는 나를 느끼실 수 있게 됩니다.

체력을 기르기 위해 운동을 할 때는 몸을 직접적으로 쓰는 운동을 추천합니다. 기구의 도움을 받아서 하는 것보다 처음에는 맨몸으로 각 근육들에 자극을 주세요(예를 들면 벤치프레스보다는 팔굽혀펴기, 레그익스트레이션보다는 앉았다 일어나기 등). 그렇게 하나둘 근육이 붙으면 불어나는 근육만큼 자신감 그리고 정신력까지 좋아지는 나를 발견하게 됩니다.

▼

운동으로 만족스러운 삶 만들기

'운동'이라는 낱말은 '옮길 운運' 자에 '움직일 동動' 자를 씁니다. 그런데 '운運' 자에는 '운수'라는 뜻도 있습니다. 우리가 흔히 "운이 좋다", "행운이다"라고 말할 때 이 '운' 자를 쓰지요. '동動' 자는 '옮길 동'으로 쓰기도 하고요. 이런 뜻으로 곰곰이 생각해보면 운동이란 것은 '운을 옮기다'라고도 해석할 수 있습니다. 누구에게 운을 옮길까요? 바로 운동을 하는 그 사람에게요.

실제로 꾸준히 운동을 하게 되면 기초대사량이 높아질 것이며 여러 신체 기관의 협응력이 좋아지고 근력도 올라갑니다. 체력이 좋아짐에 따라 어떠한 일을 해결하는 데 있어서 운동을 꾸준히 하는 사람과 꾸준히 하지 않는 사람의 차이는 분명히 존재할 것입니다.

사람이 운동을 하면 자신감도 생기고 기운이 상승하는 것은 두말할 필요도 없겠지요. 이렇게 기운을 상승시킨다는 것은 바로 운동 본연의 뜻인 운을 움직인다, 즉 운을 나에게로 불러온다고 볼 수 있다는 것입니다.

매주 복권을 사며 운수 좋은 날을 기다리는 것도 재미있는 일일 수 있습니다. 하지만 매일 20~30분씩 혹은 주 2~3회라도 운동을 꾸준히 하는 것은 언제 당첨될지 모르는 복권을 사는 것보다 확실하게 운이 보장된, 몇 주 뒤 혹은 몇 달 뒤 무조건 받을 수 있는 운을 나에게로 불러들이는 행동이니 안 할 이유가 없습니다. 단지 이걸 모르는 사람들과 아는 사람들이 있을 뿐이지요.

이렇게 운동을 해서 운이 생기다 보면 삶이 만족스러운 상태로 변하게 되는데, 여기서 말하는 만족스럽다의 '만족'이라는 낱말도 한번 살펴보면 재밌습니다. 만족의 '만滿'자는 '무엇이 가득 차다'라는 뜻으로 흔히 쓰입니다. 그리고 '발 족足' 자를 같이 쓰는데요, 여기서 발은 다리 부분을 통칭

하는 것으로 이해하면 되겠습니다. 즉, '가득 찬 다리' 정도의 해석이 가능한데, 과연 이 말은 무엇을 뜻하는 것일까요? 저는 이 '만족'이라는 단어를 하체에 근육이 가득 찬, 그래서 튼튼한 상태라고 해석합니다.

우리가 근육으로 가득 찬 다리, 연골과 뼈도 튼튼한 하체를 가지고 있다고 상상해볼까요? 우리는 이 튼튼한 다리로 지치지 않고 계단을 오를 수 있고 산도 쉽게 오를 수 있고 내가 가고자 하는 곳은 어디든 다 갈 수 있습니다. 더불어 어떠한 일을 하는 데 추진력을 생기게 하고 무엇보다 우리의 심장이 피를 온몸으로 내뿜어줄 때 이 피를 다시 심장으로 돌려보내는 데 큰 역할을 하는 것이 바로 다리 근육입니다. 오죽하면 종아리를 제2의 심장이라고까지 부르겠습니까?

하체는 심장에서 멀리 떨어져 있기 때문에 하체 근육량이 적거나 하체를 많이 사용하지 않을수록 혈액 순환이 원활하지 못합니다. 실제로 하체 근육량이 적은 분들에게 운동을 시키면 빨리 숨이 차오르고 체력이 빠르게 고갈되며 운동 회복 속도 또한 느린 것을 알 수 있습니다.

그리고 노인분들을 보면 이를 더 쉽게 알 수 있습니다.

사람이 나이가 들면서 가장 먼저 큰 손실이 오는 곳이 바로 하체입니다. 어르신들을 보면 그나마 팔이나 가슴 근육은 있지만 다리가 마치 마른 나뭇가지처럼 변해버린 것을 확인할 수 있는데, 이는 평생 상체의 무게를 견뎌야 하는 다리를 잘 보살피지 못한 경우라 할 수 있겠습니다.

그리고 우리가 긴장하거나 힘이 들 때 다리에 힘이 풀리지 팔에 힘이 풀리는 경우는 드뭅니다.

이러한 상황을 종합해보면 우리의 인생을 만족스러운 상태로 유지하기 위해서는 첫 번째로 다리 근육이 가득 차 있어야 한다고 생각합니다. 튼튼한 다리 근육을 상상해보세요. 어디든 갈 수 있는 두 다리를 생각해보세요. 지치지 않고 튼튼한 다리를 생각해보세요. 만족스럽지 않으신가요?

운동을 통해 행운을 내게로 불러들이고 튼튼해진 하체를 통해 만족스러운 삶을 누리는 것, 이것이 내 삶을 축복의 길로 인도하는 올바른 몸 사용법입니다.

만족스러운 삶을 위한 첫걸음, 하체 운동

앞에서 설명해드린 대로 인간이 만족스러운 삶을 살기 위해선 만족스러운 튼튼한 다리 근육이 필요합니다.

실제로 현역 메이저리그 선수 중에 새로운 역사를 쓰고 있는 오타니 쇼헤이라는 선수가 있습니다. 100년에 한 번 나올까 말까 한 선수라는 평이 있는 메이저리그 최고의 야구 선수입니다. 그런데 오타니 쇼헤이도 중고등학교 때는 큰 키에 비해 멸치처럼 마른 몸으로 부상이 잦았다고 합니다.

오타니 쇼헤이 선수가 메이저리그에서 대업을 이루고 나서, 그가 만든 계획표 '만다라트'가 큰 관심을 끌게 되었습니다. 이 가운데 재미있는 것이 '몸 만들기'라는 부분입니다.

키 193cm 선수가 몸무게는 70kg대였으니 고민이 이만저만이 아니었겠지요. 오타니의 '몸 만들기' 계획에는 영양제 먹기, 식사량, 운동량 등이 적혀 있는데, 눈여겨볼 것이 바로 FSQ 90kg, RSQ 130kg입니다.

FSQ는 무거운 바벨을 앞으로 들고 하는 프론트 스쾃(front squat)이고, RSQ는 바벨을 승모근 위에 올려서 하는 리어 스쾃(rear squat, 우리나라에서는 '백스쾃'이라고도 합니다)입니다. 이 FSQ와 RSQ가 오타니의 몸을 지금처럼 근육질로 만드는 데 아주 효과적이었다고 합니다.

실제로 이 운동은 볼륨감이 적은 사람들이 꾸준히 할 경우 몸을 전반적으로 키워주는 효과가 있습니다. 말 그대로 몸 전체의 근육 크기가 증가하는 것을 이야기합니다. 본인이 왜소한 몸이라면 이 두 가지 운동만 본인에게 맞는 중량으로 꾸준히 해주어도 곧 근육맨으로 가는 지름길을 걷는 셈입니다.

무엇보다 인간에게는 후면 사슬이라고 부르는, 우리 몸의 전체적인 뒷부분을 포괄하는 근신경계가 있는데, 이것은 달리기부터 점프 혹은 급하게 선회해야 하는 운동 수행 등 홀

륭한 퍼포먼스를 위해서는 꼭 필요한 부위입니다.

특히나 모든 운동의 정점이라고 할 수 있는 격투기 종목 (씨름, 레슬링, 유도, 주짓수, 복싱, 태권도, MMA 등) 선수들은 정면에서 보이는 전면 근육보다 앞에서 보이지 않는 등 쪽 근육이 어마어마합니다. '에이, 무슨 격투기를 한다는 사람이 가슴 근육도, 복근도 없어?' 이렇게 생각하다가, 선수 등 뒤에 굳건히 자리 잡은 등 근육, 엉덩이에서 허벅지로 이어지는 근육, 종아리에 단단히 잡혀 있는 근육을 보고 깜짝 놀라는 분들이 많습니다. 마치 앞모습은 순정만화 캐릭터인데 뒷모습은 하드코어 만화 캐릭터 같은 반전이 있죠.

다시 오타니 쇼헤이 선수 이야기를 하자면, 오타니 선수가 하체 운동을 꾸준히 해서 몸무게가 90kg대 후반이 되고부터는 구속이 빨라지고 타격과 도루에서도 큰 성과를 냈습니다. 잔부상을 견디는 힘도 생겼고요. 빠른 공과 빠른 스윙의 근본이 되는 하체가 버텨주니, 이제는 정말 100년에 한 번 나올까 말까 한 만화 캐릭터 같은 선수가 되어버렸습니다.

인간은 두 발로 서서 걸어 다니는 직립보행을 하고 있습니다. 집을 만드는 데도 골조와 바닥 공사가 중요하듯, 우리 몸 전체의 무게를 버텨내는 하체가 탄탄하다면 우리 몸이 건강해지고 만족스러운 삶을 살아가는 근본이 되리라는 것은 너무나도 당연하고 쉬운 이치일 것입니다.

▼

언제나 날아갈 듯한 날렵한 몸

아주 어린 나이 때부터 잘못된 식습관과 운동 부족으로 소아 비만이 되는 아이들이 더러 있습니다. 그런데 보통은 어린 시절 그리고 청년 시절은 그럭저럭 잘 지내다가 잘못된 습관 형성으로 중년, 노년이 되어 살이 쪄버리는 분들이 대부분입니다.

현대 의학에서는 비만을 질병으로 보는 것이 사실입니다. 왜냐면 많은 합병증을 유발하기 때문이죠. 원래는 5층까지만 집을 지을 수 있게 되어 있는데 그 위로 2층, 3층 심하게는 4~5층을 더 불법으로 증축해버리는 것입니다. 이러면 그 건물은 하중을 견디지 못하고 벽에 금이 가고 물이 새고 심한 경우 집이 무너져버리겠지요.

사람도 별반 다르지 않습니다. 비만이 되어버리면 일단 이런저런 질병이 생기는 것은 제쳐두고 가장 먼저 몸이 무거워집니다. 몸이 무거워진다는 것은 마음이 무거워진다는 것이며 호흡 또한 무거워진다는 것입니다. 몸이 무거워져서 마음이 무거워진다, 이것 하나만 놓고 보아도 정말로 심각한 상태임을 독자분들은 인지하셔야 합니다.

무거워진 몸과 마음은 사람을 부정적으로 만들고 도전하고자 하는 마음을 꺾어버리고 무언가를 견디거나 해내고 싶은 의지마저 사라지게 만드는 무서운 무거움입니다.

무거워진 몸과 마음을 다시금 가볍게 하기 위해서 필요한 것들이 있습니다.

저는 아주 오랜 기간 많은 분들의 체중 조절을 도와드렸습니다. 처음 1주일 그리고 3주일 그리고 3개월까지는 힘이 들 수 있습니다. 습관이 생기기까지의 절대적 시간입니다. 하지만 이 기간만 넘기고 나면 사람에 따라 조금씩 차이는 있을지라도 습관적으로 조금씩 일상이 컨트롤되는 나 자신을 만나실 수 있을 것입니다.

▼

식습관 바로잡기

먹는 음식이 곧 나라는 것을 바로 알아야 합니다.

내가 비만인지 아닌지 모르겠다 하시는 분들은 의자에 앉거나 방석에 앉았을 때 뱃살이 접힌다면 비만이라고 생각하시면 편합니다.

앉았을 때 뱃살이 접히지 않는데 그냥 살이 찐 것 같다는 느낌에 굳이 먹지 않고 살을 빼려고 하지는 마세요. 실제로 여성분들 중에는 보통 체중임에도 뚱뚱하다며 굶는 경우를 종종 보는데 그것은 자기만족은 될 수 있을지 모르지만 절대로 건강한 삶이 아닙니다. 보통 체중이거나 마르신 분들은 운동만 꾸준히 해도 몸의 라인이 훨씬 더 보기 좋게 잡히는 것을 확인할 수 있을 것입니다.

근육은 지방보다 무겁기 때문에 라인이 잡혀가며 몸무게가 약간씩 늘어나는 것을 수치로 확인할 수도 있는데 이는 전혀 신경 쓰실 부분이 아닙니다. 몸무게는 늘어도 실제로 보았을 때는 훨씬 탄력 있는 몸매로 변하게 될 것입니다.

처음 운동을 접하시는 분들은 요가나 필라테스, 수영 등 자신에게 맞는 운동을 찾아서 해보세요. 승부욕이 있는 분이라면 테니스나 스쿼시, 탁구같이 점수를 내거나 승부를 가려야 하는 운동을 해보시고, 몸을 격하게 움직이는 것이 좋다면 유도나 주짓수, 레슬링 같은 운동을 해보십시오. 이런 식으로 자신과 궁합이 맞는 운동을 찾는 것이 좋습니다.

체중 조절에서 식습관의 변화는 필수불가결의 요소입니다. 자, 그렇다면 구체적으로 어떻게 식습관을 변화시키면 좋을까요? 우선 아침은 황제처럼, 점심은 평민처럼, 저녁은 거지처럼 식사를 하시라고 말씀드리고 싶습니다.

우리 인류사에서, 특히나 한국의 역사를 보면 삼시세끼를 모두 먹기 시작한 것은 100년이 채 되지 않습니다. 우리나라는 전쟁을 겪으며 배를 곯아야 했고, 저는 보릿고개라는 것을 겪지 않은 세대이기는 하지만 1950년대에는 많은 사람들이 겪고 참아야 했던 것이 배고픔이었습니다. 그러한 배고픔으로부터 벗어난 것은 참으로 감사한 일이지만 이제는 과유불급이 되어버린 것일까요? 우후죽순으로 생겨난 맛집 때문일까요? 예전에는 적게 먹고 많이 움직였다면 지금은 많이 먹고 적게 움직입니다. 이것만 변화를 줘도 우리는 다시금 건강한 몸을 되찾을 수 있습니다.

하루에 꼭 세끼를 다 먹어야 한다는 강박을 버리시길 당부드립니다. 건강하게 먹을 수만 있다면 하루에 한두 끼로도 인간은 충분히 건강하게 살 수 있습니다.

우선 내가 비만이라면 저녁을 먹지 않아야 합니다. 너무 배가 고프다면 셰이크 정도로 공복감을 없애줍니다. 이렇게 말씀드린다고 셰이크를 한 끼 식사량만큼 드시는 분은 없겠죠? 그리고 물을 많이 마셔줍니다. 저녁 여섯 시 이후로 너무 배가 고플 때는 미숫가루 혹은 바나나에 꿀과 두유 등을 섞어 갈아 마시거나 토마토나 당근을 착즙해서 마시는 등, 식사 대신 허기짐을 약간은 가시게 해줄 수 있는 간단한 음식을 드시고, 그 외에는 물을 많이 마셔줍니다.

처음 일주일간은 지나치게 예민해지고 화도 많이 나고 짜증이 치솟는 등 힘들어하는 분들도 계시지만, 일단 그 고비만 잘 버티면 그다음은 꾸준함의 싸움이 됩니다.

무엇보다 남성분들 비만의 주된 원인은 술자리인 경우가 많습니다. 술자리는 술만 마시고 끝나는 자리가 아니죠. 술에 곁들이는 맛좋은 안주가 문제라면 문제가 될 수 있습니다. 얻는 게 있으면 잃는 것도 있겠지요. 저는 과감하게 술자리 대신 건강한 몸을 얻으시라고 이야기하고 싶습니다. 내 몸이 우선 건강해지면 술도 건강하게 먹는 요령을 알게 되실 겁니다.

두 번째 지켜야 할 식습관으로 간헐적 단식을 말씀드립니다. 공복인 상태를 오랜 시간 유지해주는 것인데요, 초보자라면 열두 시간 정도 소화기관을 쉬게 해주시는 겁니다.

우리 몸은 쉼 없이 움직입니다. 심장이 하루 종일 하는 일을 생각해보세요. 혹은 우리가 음식물을 먹고 우리 몸 안의 장기가 정말 열심히 일하고 있는 것을 생각해보세요. 저는 이런 나의 몸에게 미안하기까지 합니다. 너무 애를 써주니까요.

우리는 잠을 자면서 몸을 회복합니다. 이것과 같은 맥락으로 소화기관도 좀 쉬게 해줘야 한다는 것입니다. 2~3일에 한 번씩 이 간헐적 단식으로 내 몸에 쉬는 시간을 좀 주는 것이 좋습니다.

비만인 분들은 처음에는 저녁 먹지 않기부터 시작해서 이 습관이 더 이상 무리가 되지 않으며 어느 정도 내 삶에 자리를 잡았다 싶을 때 시작하는 것을 추천드립니다. 그리고 꼭 비만이 아니더라도 몸과 마음이 무겁다 느껴질 때 간헐적 단식은 그 피로감을 덜어줍니다.

처음 시작은 일주일에 한 번 정도 내가 많이 움직일 필요가 없는 날, 예를 들면 주말 내내 집에 있는 경우 혹은 육체노동과 정신노동을 하지 않아도 되는 경우에, 과감하게 하루에 한 끼만 소량으로 먹고 하루를 그냥 푹 쉬어주는 겁니다. 이렇게 하면 몸을 정화시키는 데 도움을 줄 수 있습니다. 그리고 이렇게 몇 달을 해도 무리가 되지 않는다면 한 달에 한두 번은 곡기를 끊고 하루 종일 쉬어보는 것입니다.

일단 이 정도 수준에 이르게 된다면 분명히 삶의 많은 부분이 달라져 있을 겁니다. 남들이 보지 못하고 놓치는 부분을 잘 챙길 수 있을 것이고 가벼워진 몸과 마음으로 좋은 관계, 좋은 생각들이 유연하게 다리 놓아질 것입니다.

처음부터 끝장을 보겠다는 마음으로 밀어붙이지는 마세요. 당신의 몸은 매우 예민합니다. 당신의 몸이 눈치채지 못하게 양을 줄여나가세요. 체중 감량은 간단합니다. 적게 먹고 많이 움직이는 것입니다. 몸이 무거워지니까 마음도 무거워지는 것입니다.

제 어머니가 거의 일흔이 다 된 나이에 운동을 시작하셔서 살을 4~5kg 빼고 말씀하신 첫마디가 잊히지 않습니다.

"이제 좀 살 것 같다."

칠순 연세의 어르신도 다이어트를 하면 이런 탄성이 절로 나옵니다.

무거운 책가방은 좀 내려놓고 인생을 살아보는 건 어떠신지요? 살이 찐다는 것은 책가방을 메고 다니는 것이며 점점 더 살이 찐다는 건 그 책가방에 점점 더 짐을 많이 넣고 다니는 것과 다르지 않습니다. 책가방을 내려놓는 순간 그렇게 삶이 편해지고 가벼워질 수 없을 것입니다.

식습관을 변화시키는 세 번째 방법은 음식 일기를 쓰는 것입니다.

좋은 습관을 아직 만들지 못한 분들 혹은 내가 정말 무엇을 좋아하고 무엇을 멀리해야 하는지 잘 모르는 분들에게 기록을 남기는 습관은 내 인생을 좋은 방향으로 이끌어가는 데 꼭 필요한 길라잡이가 되어줄 것입니다.

마찬가지로 매일매일 먹는 음식을 기록으로 남김으로써 어떠한 음식이 나에게 어떠한 느낌이나 감정을 만들어주는지, 어떠한 음식을 먹었을 때 더 힘이 나고 기분이 좋았으며 어떠한 음식을 먹었을 때 설사나 배탈이 자주 나고 내 몸이 잘 받아들이지 않는지 등을 기록해둔다면 식습관의 많은 부분이 개선될 것입니다. 나의 체질과 궁합이 맞는 음식을 찾는 과정을 기록한다고 생각하시면 됩니다.

팁을 조금 더 드린다면 아침에 무엇을 먹었는지, 먹은 후 기분은 어떠했고 그 음식이 나에게 어떠한 영향을 주었는지 자세하게 기록해둡니다. 그리고 특히 어떠한 음식을 먹었을 때 똑같은 패턴이 보이는지 똑같은 기분이 느껴지는지 하는 것들을 잘 기록해두세요. 이렇게 1년 정도만 꾸준히 하셔도 정말 나에게 필요한 음식과 멀리해야 하는 음식이 확실하게 구분될 것입니다.

편식이 나쁜 것만은 아닙니다. 이 뜻은 건강한 편식을 해야 한다는 것입니다. 건강한 편식이란 정말 나를 건강하게 만드는 음식을 골라내는 것입니다.

나와 궁합이 맞는 건강한 음식을 기록해주세요.

먹는 것이 꿀리면 인생이 꿀린다

제 인생에는 많은 좌우명이 있습니다. 그중에서 순위를 매긴다면 저는 이것을 첫째로 꼽고 싶습니다.

'먹는 것이 꿀리면 인생이 꿀린다.'

이 말이 제 인생의 가장 커다란 중심축을 형성하는 말일 것입니다.

실제로 저의 한 달 소비 내역을 보면 절반 이상을 차지하는 것이 식비입니다. 옷이나 물건에는 큰 욕심을 내지 않는 저이지만 몸과 건강을 위해서만큼은 아끼고 싶지 않은 것이 제 마음입니다.

물론 사람들마다 가치의 기준이 다를 수 있습니다. 하지만 적어도 내 건강과 내 몸에 하는 투자를 뒷전에 두지 않으시길 진심으로 바랍니다.

독자분들은 몸을 잘 챙기셔야 합니다. 그 몸이야말로 독자분이 살아가기 위한 유일한 장소이기 때문입니다.

당신의 영혼은, 당신의 정신은 도대체 어디서 살아가고 있습니까? 당신의 옷인가요? 당신의 차인가요? 당신의 시계에서 사나요?

제가 별로 멋을 부리거나 꾸미지 않는 것은 부모님의 영향이 큽니다. 워낙 어머니께서 수수하게 하고 다니시니까 하루는 어머니의 친구분이 "아이고, 너도 나이가 있는데 좋은 옷 좀 입고 다녀라" 하고 이야기를 하셨다고 하더군요. 그러자 어머니는 "사람이 걸어다니지 옷이 걸어다니니?"라고 대꾸하셨다고 합니다.

이런 저의 어머니도 식탐은 좀 있는 편이십니다. 한 끼를 먹어도 맛있게 먹어야 하고 먹고 싶은 건 꼭 드셔야 성미가 풀리는 그런 분이시지요.

어렸을 때부터 제가 보고 배운 것 중에 참으로 감사한 부분이 있습니다. 며칠 전에도 있었던 일입니다. 식사를 마친 후 어머니께서 커피를 타줄까 하고 물어보셔서 제가 웃으며 달달한 다방 커피로 부탁드린다고 하니 정말 예쁜 찻잔에 커피를 타다 주셨습니다. 곰곰이 생각해보니 평생 저를 이렇게 키워주셨구나 하는 생각에 참으로 감사한 마음이 들었습니다.

우리는 음식을 먹을 때 절대 그 영양분만 먹는 것이 아닙니다. 그 음식을 준비하는 사람의 정성과 마음까지도 전달받습니다.

집 근처에 맛집이 하나 있습니다. 일이 끝나면 밤 열한 시, 열두 시가 되는 경우도 허다해서 사실 그 시간에 갈 수 있는 식당이 한정적이라 어쩔 수 없이 24시간 음식점을 찾곤 합니다. 그런데 안타깝게도 이 시간대에 음식점을 가면 불친절한 서비스를 감내해야 하는 경우가 많습니다.

그 음식점에 밤 열두 시쯤 가면 항상 사장님이 계셨습니다. 재료 손질도 하시고 언제나 웃으며 잘 챙겨주셨는데 어느 날부터인가 사장님 대신 종업원으로 보이는 다른 아주머니가 계시더니 그러고 나서는 영 마음이 불편해졌습니다. '내가 쉬어야 되는데 왜 이 시간에 와서 나를 불편하게 하느냐'라는 듯 만면에 귀찮은 표정이 드러났고 아주 대놓고 심드렁하셨습니다. 물론 음식 맛은 둘째 치고 마음이 불편해 음식이 콧구멍으로 들어가는지 입으로 들어가는지도 모르겠더군요. 괜히 쉬는 사람 방해했나 싶어 다시는 그 음식점에 가기가 싫어졌습니다.

먹는 것이 꿀리면 인생이 꿀린다. 저는 이 문장에 정말 많은 말을 담고 싶습니다. 본인이 본인을 위해 밥을 차리더라도 아주 정성껏 차려서 드시길 바랍니다. 본인이 본인을 위해 커피를 타더라도 마치 임금님께 올리듯 최고의 찻잔에 부어서 드시라고 말씀드리고 싶습니다. 당신은 그런 존재이고 그렇게 귀한 사람입니다. 본인이 본인을 귀하게 대하지 않으면 도대체 누가 당신에게 그런 존귀한 대우를 해주겠습니까?

그리고 독자님과 가까운 사람들에게 요리를 대접하는 상황이 온다면 정성을 다해 예쁜 그릇에 담아서 요리를 내어주세요. 특히나 그 상대가 남편이거나 아내이거나 자기 자식이거나 부모님, 가족이라면 말입니다. 이런 요리를 먹고 이렇게 극진한 대접을 받은 자식 혹은 남편, 아내는 밖에 나가 일이 안 풀리려야 안 풀릴 수가 없습니다.

그리고 식당에 갔을 때 그 식당의 분위기가 화기애애하

고 종업원들끼리 밝게 인사하고 사장님이 환하고 즐거운 웃음을 짓는다면 그 집이야말로 단골집 리스트에 추가해서 그런 집에서 식사를 하시라고 말씀드리고 싶습니다.

내가 먹는 음식이 곧 내가 됩니다. 하루에 단 한 끼라도 사랑과 정성이 들어간 음식을 먹는 사람은 그 인생이 평탄하고 즐거울 것입니다.

먹는 것까지가 운동입니다. 아시죠? 무엇을 먹느냐도 중요하지만 어떻게 먹느냐도 그것 못지않게 중요합니다. 건강한 음식을 정성스럽게 준비하셔서 사랑스럽게 드시길 꼭 당부드립니다.

▼

중심 잡힌 삶을 위한 첫걸음

신체 활동을 함에 있어서 그리고 좋은 퍼포먼스를 내기 위해서 가장 중요한 것은 내 몸의 중심이 바로 잡혀 있어야 한다는 것입니다. 재미있게도 이 중심을 잡는다는 것은 마음의 중심을 잡는 것과 또한 뜻을 같이합니다.

한 개인이 중심을 잡지 못해 삶의 방향을 못 정하고 이랬다저랬다 하는 것만큼 힘든 일도 없을 것입니다. 실제로 내 몸에 중심이 잘 잡히면 마음의 중심도 잘 잡히는 효과를 가지고 오게 됩니다.

이렇듯 몸의 중심을 잘 잡기 위해서는 체간을 이루는 근육들, 소위 코어 근육이라고 부르는 몸통 근육이 튼튼해야 합니다. 이 체간 근육은 호흡을 하는 데 주로 사용되는 근육들이며 체간 근육이 좋다는 것은 또한 운동을 하는 데 있어서 혹은 어떠한 움직임을 만들어내는 데 있어서 호흡을 더욱 편안하게 하며 동작을 잘 수행할 수 있다는 것을 뜻합니다. 이 모든 것이 다 맞물려 있습니다.

그럼 중심을 잘 잡는 데 도움이 되는 운동들을 소개해드리겠습니다.

여러분에게 가장 먼저 추천하는 운동은 낙법입니다. 낙법이란 말 그대로 넘어졌을 때 안전하게 넘어지는 법입니다. 정확하게는 나의 머리를 보호하는 것입니다.

낙법에는 크게 후방 낙법, 측방 낙법, 전방 낙법, 전방 회전 낙법, 공중 회전 낙법이 있습니다. 낙법은 유도를 하는 사람이나 합기도, 주짓수, 레슬링을 하는 사람들만 배워야 하는 운동이 아닙니다.

제가 유도를 배우는 회원들에게 드리는 말씀이 있습니다.

"제가 여러분들에게 유도를 가르칠 수 있는 이유는 유도를 잘해서 혹은 사람을 많이 메쳐봐서 유도를 가르칠 수 있는 게 아닙니다. 여러분들보다 많이 메쳐져보았고 조르거나 꺾기를 누구보다 많이 당해보았기 때문에 여러분들을 가르칠 수 있는 것입니다."

인생도 살다 보면 수없이 실패하고 좌절하고 넘어지기 일쑤입니다. 그러나 결국은 다시 일어서서 걸어야 하며 수많은 고통 속에서도 그 고통 너머에 있는 열매를 보아야 하듯이, 낙법이라는 동작은 우리로 하여금 실패로부터 다시 일어서는 힘과 그 실패를 두려워하지 않는 강인한 마음을 길러줍니다.

저는 20대 때 스키장에서 아르바이트를 한 적이 있습니다. 겨울 시즌에 대학생들을 상대로 스키와 스노보드를 지도했습니다. 이때 가만히 보면 넘어지는 것을 두려워하거나 실제로 넘어져서 엉덩방아를 찧거나 손을 짚고 넘어지는 등 매우 심각한 부상까지는 아니더라도 자잘한 부상을 몇 차례 겪은 사람들은 심한 공포심에 그 다음 단계로 나아가지 못하고 이 운동은 나와 맞지 않는 것 같다며 그냥 눈사람만 만들고 썰매를 타는 경우를 심심치 않게 보았습니다.

물론 이것이 꼭 나쁘다는 말은 아닙니다. 하지만 넘어지고 넘어지고 또 넘어져도 오뚝이같이 일어서는 친구들은 일주일간 계속되는 스키 캠프가 끝날 무렵이면 소위 말하는 낙엽(슬로프를 S자 형태로 내려오는 것)을 멋지게 해내며 신나게 눈길을 가르고 스키를 타는 것을 보았습니다. 결국 일어나서 다시 행동하는 친구들은 넘어지는 것을 두려워하지 않는 친구들이었습니다. 실패를 또 하나의 과정이나 경험으로 생각했던 것입니다. 저는 그래서 그 당시 보드나 스키를 타는 친구들에게 안전하게 넘어지는 법부터 가르쳤고 물론 좋은 반응을 이끌어냈던 기억이 있습니다.

낙법이 꼭 겨울 스포츠에서만 필요한 것은 아닙니다. 서핑을 하거나 각종 레저 스포츠뿐만 아니라 일상생활에서도 우리는 언제나 넘어질 수 있습니다. 그리고 내가 중심을 잃었을 때 겁이 나는 것이 아니라 힘에 순응하며 넘어질 수 있다고 내 뇌에 각인되는 감각은 많은 부분 실패의 두려움을 이겨내도록 해주는 효과도 있음을 저는 알고 있습니다.

그래서 여러분이 꼭 이 낙법을 먼저 배우시길 강력하게 추천하는 바입니다. 물론 낙법 자체가 초보자들에게는 땀이 날 정도의 굉장한 운동이 되기도 하니 일석이조의 효과가 있다고 할 수 있습니다.

낙법 강의

낙법 설명을 글로만 보시면 이해가 쉽지 않을 것입니다. QR코드를 찍어 낙법 강의 영상을 꼭 보시기를 강력히 권해드립니다.

후방 낙법

후방 낙법은 뒤로 넘어질 때 사용하는 동작입니다.

뒤로 넘어졌을 때 머리가 바닥에 부딪히지 않게 턱을 바짝 당겨 시선을 자신의 배꼽 방향으로 향하고, 뒤로 넘어지면서 등이 닿기 바로 직전에 양손으로 바닥을 힘껏 내리쳐서 머리와 척추를 보호해줍니다.

측방 낙법

측방 낙법은 옆으로 넘어질 때 사용하는 동작입니다. 오른쪽으로 넘어진다면 보통 오른손으로 땅을 짚는 분들이 많은데, 그러면 손목을 크게 다치고 팔꿈치와 어깨까지 다칠 수 있습니다. 옆으로 넘어질 때는 몸의 측면을 먼저 바닥에 대면서 손으로 바닥을 힘껏 내리칩니다. 이때도 마찬가지로 턱을 당기고 시선을 배꼽에 두면서 머리를 보호해줍니다.

전방 낙법

전방 낙법은 앞으로 넘어질 경우에 사용하는 낙법입니다. 두 손을 손끝부터 팔꿈치까지 삼각형 모양으로 만들어 얼굴이 다치지 않도록 보호하는 것입니다.

앞으로 넘어질 경우 손목으로 바닥을 짚어서 손목이 접질리거나 부러지는 경우가 종종 있는데, 넘어질 때 손목이 아닌 손목보다 넓은 면적의 전완근을 사용해서 손바닥부터 팔꿈치까지 충격을 완충시키는 것입니다. 그리하여 넘어지는 순간 고개를 틀어 얼굴을 보호하고 남자분들 같은 경우는 엉덩이를 들어 올려 낭심이 다치는 것까지 막아줍니다.

전방 회전 낙법

전방 회전 낙법은 영화를 좋아하는 분들이라면 많이 보셨을 낙법입니다.

안전장치 없이 지형이나 건물 등을 타는 '파쿠르'에서 많이 쓰이는 동작으로, 높은 건물에서 건물 사이를 뛰어다니거나 각종 벽을 타고 착지할 때 이 전방 회전 낙법을 사용합니다. 높은 곳에서 바닥으로 떨어지면서 오는 충격을 회전력으로 치환해 부상을 최소화하는 것입니다.

이는 상급 기술에 속해서 연습하기 다소 힘드실 수 있지만, 만약 독자분들이 너무 연로하거나 몸이 많이 굳은 상태가 아니라면 50~60대 분들도 천천히 연습만 하면 다 하실 수 있는 동작입니다. 물론 후방, 측방, 전방 낙법까지 다 숙달한 후 연습하시길 권장합니다.

전방 회전 낙법은 새끼손가락부터 손목, 팔꿈치, 어깨로 이어지게 팔을 마치 공처럼 말아 머리를 그 공 안에 숨기고 빙글 앞구르기하듯이 돌면서 일어날 때는 측방 낙법의 자세를 씁니다.

공중 회전 낙법

공중 회전 낙법은 공중제비를 돌듯이 바닥에 손을 대지 않고 공중에서 몸을 말아 바로 측방 낙법 자세를 만들어서 바닥에 떨어지는 동작을 말합니다. 급하게 몸을 보호해야 할 때 발이나 손을 바닥에 짚으며 떨어지거나 바로 머리부터 떨어지면서 크게 다칠 수 있는데 이 충격을 최소화하기 위한 낙법입니다.

매우 상급 기술에 속하는 낙법입니다만 연습을 꾸준히 하면 불가능하진 않습니다. 초보자분들은 여기까지 익혀두시면 상당히 겁이 없어지는 자신을 발견하실 수도 있습니다.

하지만 욕심을 부리면서까지 하실 필요는 없습니다.

▼

중심 잡힌 삶

저는 살면서 가장 중요한 것이 중심이 잘 잡힌 삶이라고 생각합니다. 무엇 하나 치우침이 없는 삶인 것이지요.

우리는 살다 보면 무언가에 치우치게 됩니다. 그 대상이 때로는 돈이 될 수도 있고 때로는 사랑이 될 수도 있고 때로는 일이 될 수도 있습니다. 어떤 것이든 치우침의 대상이 될 수 있습니다.

예를 들어보겠습니다. 제 친한 친구 중 한 명의 이야기입니다. 이 친구는 평상시 교우 관계가 좋고 언제나 친구들의 이야기를 잘 들어주고 서글서글한 성격에 얼굴도 잘생겼고 평판이 참 좋은 친구입니다.

그런데 이 친구에게도 단점이 하나 있는데, 그것은 바로 연애를 하게 되면 모든 친구들과 연락을 끊어버린다는 것이었습니다. 쉽게 이야기해서 여자친구가 생기면 여자친구와만 만나는 겁니다. 이런 일이 서너 번 반복되니 친구들이 이 친구를 멀리하더군요. "어차피 저 녀석은 여자친구가 생기면 우리 무리와 놀지도 않고 연락도 안 되는 놈이다"라면서 말이지요. 그는 분명 사랑에 빠지면 다른 것에 에너지를 쏟지 못하거나 지나치게 빠져들어 주위를 살피지 못하는 친구였습니다.

또 다른 예로는 일중독에 빠진 친한 친구들 이야기입니다. 한 친구는 음식점을 여러 곳 운영했는데, 새벽부터 식당에 나가 식재료 손질부터 시작해 저녁 늦게까지 말 그대로 자신의 몸을 갈아 넣어 장사를 했습니다.

또 한 친구는 대치동의 유명 학원 강사였는데, 그 역시 수업하는 시간 외에 여가 시간이 없이 인생을 살다 보니 오랜만에 만났을 때는 원형 탈모에다 매번 늦은 시간 식사와 반주로 스트레스를 푸는 바람에 심각하게 배불뚝이 아저씨가 되어 있어서 깜짝 놀랐던 기억이 있습니다.

인생에 정답은 없습니다. 하지만 저는 무엇에 중독된 삶이나 한쪽에 치우친 삶이 건강하지 못한 삶이라는 정도는 알고 있습니다.

세상 그 어떤 것이라도 지나치면 독이 됩니다. 자신과 타인에게 치우침은 득이 될 수 없습니다. 알맞게 내리는 비는 고마운 존재지만 몇 날 며칠 내리는 비는 우리의 일상을 앗아가 버립니다. 쨍쨍 내리쬐는 햇볕은 분명 고맙지만 365일 내리쬐는 햇볕은 푸른 초원을 사막으로 만들어버리는 것과 같습니다.

우리의 삶은 중심이 잡혀 있어야 합니다. 어느 한곳에 지나치게 치우치는 것을 경계해야 합니다. 사랑, 일, 건강, 육아, 우정, 대인 관계 등 무엇 하나 중요하지 않은 것이 없지만 그렇다고 너무 한 가지에만 몰두하는 것은 위험합니다.

이러한 삶의 중심을 잡는 일은 내 몸의 중심을 바로잡는 것부터 시작해야 합니다. 우선 몸의 중심을 바로잡으려면 몸의 연결성이 좋아야 합니다. 우리의 몸은 모두 연결되어 있습니다.

만약 오른쪽 발목을 다쳤다고 한다면 우리는 다리를 절

며 걷게 됩니다. 오른쪽 발목에 힘을 줄 수가 없으니 왼쪽 무릎에 힘이 들어가게 되겠죠? 그렇게 왼쪽 무릎에 힘이 들어간 채로 계속 걸으면 당연히 오른쪽 골반에 무리가 오면서 점점 아프게 됩니다. 그렇게 오른쪽 골반이 무너져버리면 왼쪽 어깨에 힘이 들어가면서 어깨까지 고통이 치고 올라오는 상황이 발생합니다. 이렇듯 우리 몸은 처음에는 특정 부위만 아프다가도 시간이 지날수록 주변으로 퍼져나가게 되어 있습니다. 이렇게 무너져버리는 내 몸의 연결성은 당연히 예민하고 날카로운 태도를 취하게 만들고, 어느새 주변 사람들이 피하는 성격이 될 것입니다.

몸의 연결성이 좋으면 타인과의 연결성도 좋아지는 것은 어찌 보면 당연한 일입니다. 내 몸이 건강하게 연결되어 있다면 타인에 대한 친절함이 절로 우러나올 테니까요. 또 반대로 내 몸이 아프고 병든 상태라면 어떻겠습니까? 오죽하면 긴 병에 효자 없다는 말을 할까요.

내 몸의 연결성이 좋다는 것은 건강한 사람이라는 것을 의미합니다. 이것은 사회적으로도 마찬가지입니다. 사회적으로 건강한 사람은 타인과의 연결성이 좋은 사람을 뜻합니다.

지연, 학연 등을 말하는 것이 아니라 말 그대로 남과 나를 둘로 보지 않는 참된 마음을 말합니다.

우리는 우리 몸을 볼 때 팔 따로 다리 따로 목 따로 이렇게 구분을 지을 수는 있어도 몸 자체를 구별할 수는 없습니다. 내 팔은 내 몸의 일부이지 따로 존재하는 것이 아니듯 타인 역시 나와 연결되어 있는 또 다른 소중한 사람이라는 것을 깊이 체득할 필요가 있습니다.

단순한 예로 식당에 갔는데 종업원 아주머니가 그냥 아주머니로 느껴지는 것이 아니라 저분도 누군가의 소중한 어머니라고 느껴지는 마음이라고나 할까요?

이것은 정말 중요한 자세입니다. 이러한 여유로운 마음은 내 몸의 연결성이 온전할 때만 느낄 수 있는 것입니다. 당장 내가 아프면 타인의 고통은 눈에 들어오지 않는 법이니까요.

▼

중심을 잡는 데 도움이 되는 운동

이 챕터에서는 중심을 잡는 데 도움이 되는 운동을 소개해드릴까 합니다. 신체를 전반적으로 사용해야 하는 온몸운동부터 보다 쉽게 따라 하실 수 있는 기구를 이용하는 운동까지 몇 가지가 있습니다. QR코드 영상으로 운동 방법을 꼭 확인하시고 운동해보시면 큰 도움이 될 것입니다.

1. 훌라후프

훌라후프

집에서 TV를 보면서 쉽게 하실 수 있는 운동 중 대표적인 것으로 훌라후프가 있습니다. 큰 공간을 차지하지 않고 허리를 빙글빙글 돌리며 하는 훌라후프는 허리 근육 강화 및 몸의 체간을 튼튼하게 해주는 좋은 운동 중 하나입니다.

그런데 또 막상 해보면 처음에는 쉽지 않습니다. 단순하게 허리만 돌려서는 기구가 떨어지기 일쑤거든요. 발끝에서 땅을 박차는 힘을 허리로 전달해 훌라후프가 돌아가는 타이밍에 맞춰서 다시 허리를 튕겨주셔야 합니다.

중요한 것은 훌라후프를 오른쪽으로 5분 돌리셨으면 왼쪽으로도 5분 돌리셔야 한다는 것입니다. 한쪽 방향으로만 허리를 돌리면 좌우 비대칭이 올 수 있으니 왼쪽과 오른쪽 번갈아 시간을 맞춰 돌려주시는 게 좋습니다.

2. 케틀벨

케틀벨

쇠로 만든 추에 손잡이가 달린 케틀벨이라는 소도구를 이용한 운동입니다. 케틀벨이 없다면 아령도 괜찮습니다. 본인이 들었을 때 적당히 무거운 중량의 기구를 선택하는 게 좋습니다. 중량 선택의 팁을 드리자면 본인 몸무게의 10~20% 선에서 고르시면 적당할 겁니다.

양 다리를 어깨넓이보다 약간 더 벌린 다음 두 손으로 케틀벨을 잡고 무릎을 살짝 굽힌 후 허리를 튕겨서 앞뒤로 진자 운동을 해주시면 됩니다. 열다섯 개씩 다섯 세트만 하셔도 땀이 많이 나는 것을 느끼실 수 있을 겁니다. 동작이 간단해서 초보자들에게 적합한 운동입니다.

가벼운 무게를 선택했다면 횟수를 늘려서 세트를 만들고 무게가 어느 정도 있다면 횟수를 줄이셔도 됩니다. 가벼운 무게일 때는 횟수를 15~20회로, 무거운 무게라면 6회에서 12회 사이로 세트를 구성해봅니다. 세트 사이에 20~40초 정도 쉬어주세요.

3. 밸런스 보드

밸런스 보드

검색 창에 '밸런스 보드'라고 치면 웬 나무 판때기가 뜰 겁니다. 이름 그대로 중심을 잡는 연습을 하는 판자입니다. 이 위에 올라서서 중심을 잡아야 하는데, 평상시에 잘 사용하지 않던 미세한 근육들을 사용하는 데 도움을 줍니다.

너무 겁이 나거나 불안하다면 처음에는 벽에 손을 대고

연습하시는 것을 권장합니다. 집에 폼롤러가 있다면 그 위에
올라가서 중심을 잡고 천천히 앉았다 일어섰다 하는 동작도
같은 원리로 도움이 됩니다.

4. 데드 리프트

데드 리프트

데드 리프트는 선 자세로 무릎을
편 채 몸을 숙여 역기를 잡고 팔을 쓰지
않고 상체를 일으키는 운동입니다. 평상
시 헬스장에 다니거나 운동을 좋아하는 분들이라면 다 아시
는 운동일 겁니다. 전신 근육을 효과적으로 다 잘 사용하게
만들어주며, 특히 우리에게 필요한 후면 근육을 강화시키는
데 도움이 많이 되는 운동 중 하나입니다. 또한 허리와 하체
를 안정화하는 데도 효과적입니다.

처음부터 무거운 무게를 들지 마시고 가벼운 무게로 시
작해서 차근차근 자세를 잡아가며 그 무게가 적응되면 조금
씩 중량을 늘려가는 방식으로 하시길 권장합니다.

5. 레저 스포츠

조금 더 활동적인 것을 좋아하는 분이라면 스키나 스노보드 서핑이나 실내 서핑, 여름철에는 수상 스키나 웨이크 보드 혹은 바디 보드 같은 운동을 해보시기를 또한 추천드립니다. 요즘은 강습도 많이 늘고 시설도 좋아졌으며 예전에 비해 저렴하게 이용할 수 있는 곳이 많이 있습니다. 막상 넘어지고 뒹굴어보면 생각보다 할 만하다고 생각하실 수 있습니다.

하지만 이는 상급자에게 해당하는 이야기입니다. 초보자라면 충분히 초급 코스에서 먼저 연습을 하시고 안전하게 운동하기를 당부드립니다. 스피드를 동반한 모든 운동은 위험한 법입니다.

6. 요가, 필라테스

요가와 필라테스는 자세와 호흡을 가다듬고 몸을 이완시키는 운동입니다. 요즘은 인터넷 동영상으로 정말 쉽게 따라할 수 있는 동작들이 많이 올라옵니다. 하루에 5분에서 10분 정도만 따라하셔도 도움이 될 만한 유튜브 채널도 많이 있습니다. 근데 문제는 많은 분들이 영상을 그저 보기만 하고 따라 하지는 않는다는 거죠. 쉬운 동작부터 조금씩 따라 해보세요. 가만히 있는 것보다 많은 도움이 되실 겁니다.

올바른 정신의 원천, 상체 근육

저의 학창 시절, 그러니까 20년도 더 전입니다. 남자 친구들끼리 습관적으로 하던 이야기가 있습니다.

"에이, 남자가 갑빠가 있지."

친구들이 겁쟁이라고 약 올리거나 졸보라고 놀릴 때면 그와 상반되는 모습을 보이기 위해 쓰던 말이었습니다. 그런데 곰곰이 생각해보면 요즈음 친구들 중에 진짜 '갑빠'가 있는 친구가 몇 명이나 있을까 싶습니다.

보통 남자의 볼록한 가슴 근육을 우리는 갑빠라고 부릅니다. 넓은 대흉근은 멋진 남자의 상징이기도 하지요. 이러한 상체 근육을 만들면 무엇이 좋은 걸까요?

몇 해 전 유튜브에서 스노우폭스 김승호 회장님의 강의를 우연히 보았는데 그때 재미있는 이야기를 들었습니다. 팔굽혀펴기 100개를 할 수 있는 체력이면 망해도 다시 일어설 수 있다는 내용이었습니다. 역시 성공한 분의 통찰은 무언가 달라도 다르구나라고 생각했던 강의였지요.

실제로 현장에서 여러 사람들에게 운동을 가르치다 보면 가슴 근육이 발달한 사람들은 보통 자세도 바른 것을 알 수 있습니다.

가슴 근육은 쇄골에서 가슴 전체를 덮고 팔의 뼈와도 이어집니다. 그리고 근육의 면적이 어깨 근육과 연결되니, 곧잘 발달된 가슴 근육은 어깨나 등이 굽지 않게 도와주며 정면에서 봤을 때 위풍당당한 모습을 보여준다고나 할까요?

이렇듯 가슴 근육이 발달한 사람은 바른 자세를 가진 사람이기 때문에, 아마 망해도 다시 일어설 수 있는 힘이 나온다고 김승호 회장님은 말씀하신 게 아닐까 생각해봅니다.

실제로 저는 수업 중에 학생들이 구부정한 자세로 쉬거나 앉아 있으면 꼭 지적을 하는 편입니다. 자세가 구부정하면 배 속에 장기들이 구부정해지고 그 구부정해진 장기는 인생을 구부정하게 만든다는 것이 제 지론입니다.

바른 자세에 올바른 정신이 깃드는 법입니다. 뒤에 나올 내용이지만 올바른 자세는 또한 올바른 호흡에 도움을 주기 때문에 바른 자세를 항상 유지하는 것은 내 몸 그리고 내 건강에 아주 중요한 바로미터가 됩니다.

바른 자세를 위한 상체 운동

1. 오래 매달리기

우선 어깨를 펴고 팔의 기본 근력을 기르기 위해 가장 쉽게 도전해볼 만한 운동은 오래 매달리기입니다.

오래 매달리기

어깨가 아프거나 본인의 무게를 견디기 힘든 분이라면 낮은 높이의 철봉에서 다리의 힘을 빌려 매달리는 것으로 시작하셔도 됩니다. 생각 외로 10초도 버티기 힘듭니다. 처음부터 무리해서 오래 버티려 하기보다는 천천히 버티는 힘을 길러보시기를 추천드립니다.

턱걸이 봉을 집 문틀에 달아 시작하시는 것을 추천드립

니다. 방에 들어가거나 나올 때마다 점프하며 매달리는 것도 좋은 방법입니다. 매일 조금씩이라도 해보며 운동 습관을 들이는 게 중요하니까요.

2. 턱걸이

턱걸이

미국의 유명한 영화배우이자 캘리포니아 주지사까지 역임했던 아널드 슈워제네거라는 배우를 기억하실 겁니다. 영화 〈터미네이터〉의 "I'll be back"이라는 대사는 너무나도 유명하지요. 미국에 엄청난 보디빌딩 유행을 불러일으키기도 했던 이 아널드 슈워제네거가 남긴 유명한 말이 있습니다.

"내가 만약 시간이 없어 오늘 단 하나의 운동만 해야 한다면 나는 턱걸이를 할 것이다."

사람마다 약간의 차이는 있습니다만 턱걸이는 정말 좋은 운동입니다. 자신의 몸을 견인하는 운동이 쉽지는 않지만 이 동작이 익숙해지면 다른 동작을 수행하는 데 커다란 도움을 줍니다.

처음에 근육이 없는 상태에서 시작한다면 어느 부위에

어떠한 자극을 주어야 하는지도 사실 생소하고 어렵습니다. 우선 매달릴 때는 새끼손가락과 약지로 바를 잡는다는 느낌을, 그리고 다른 두 손가락으로 나를 당긴다는 느낌을 만들어주세요. 그다음 팔꿈치를 바닥으로 누른다는 느낌을 만들며 운동을 하시면 됩니다. 그리고 당기는 동작 이후에 매달려서 버티는 힘을 길러주세요. 이 동작이 어렵다면 점프해서 매달린 후 내려오는 동작에서 버티는 힘을 길러주시면 됩니다.

처음에는 적은 숫자로 하되 세트 간 휴식을 최대한 줄이면서 시작하시길 권장합니다. 3개씩 3세트. 집에서 간단하게 출근 전 퇴근 후 이렇게 하셔도 됩니다. 아무리 적은 숫자라도 안 하는 것보다는 훨씬 좋습니다.

3. 팔굽혀펴기

팔굽혀펴기

살면서 팔굽혀펴기를 한 번도 안 해보신 분은 거의 없을 것입니다. 잘 아시다시피 내 몸을 바닥으로부터 밀어 올리는 동작입니다.

유튜브의 수많은 콘텐츠 중 팔굽혀펴기 동작만으로 '몸

짱'이 되는 과정이 담긴 영상이 종종 올라옵니다. 실제로 팔굽혀펴기를 할 때 상체 외에도 체간을 안정시키기 위해 복근을 사용하게 되고 또한 복근과 연결되는 허벅지 근육까지 사용하게 되어 체간이 단단해지는 결과를 가져오기에 결코 과장이 아닙니다.

팔굽혀펴기 100개 챌린지, 300개 챌린지 등 하루에 일정 횟수를 짧게는 한 달, 오래는 1년 동안 꾸준히 영상으로 찍어 올리는 분들을 보면 정말 드라마틱하게 변화하는 몸을 보실 수 있습니다. 이는 쉬운 일도 아니지만 해냈을 때 그 성과는 무엇보다 확실합니다.

양쪽 손바닥을 유두 양옆에 위치시키고 가슴은 바닥에 닿은 상태에서 팔을 수직으로 밀어 올리세요. 처음에 이것이 힘들다면 무릎을 대고 하셔도 좋고 다리를 접었다가 펴는 반동으로 올라가셔도 좋습니다.

처음에는 다섯 개도 힘드실 수 있습니다. 한 세트의 횟수가 점점 적응될 때마다 개수를 늘리시고 자신만의 미션을 주세요. 예를 들면 물을 마시고 싶다는 생각이 들 때마다 1세트, 화장실 다녀와서 1세트, 이런 식으로 생활 속에서 루틴을 만들어서 진행해보시길 권장합니다.

어쨌든 운동이 내 일상에 자리 잡는 것이 중요하니까요.

4. 벤치 프레스

기구를 이용해서 하는 가슴 운동입니다. 넓은 의자에 앉아 아령을 밀어도 좋고 적당히 무거운 바를 들어 올려도

벤치 프레스

좋습니다. 취하는 각도에 따라 다양한 부위에 자극을 줄 수 있습니다. 윗가슴, 아랫가슴 이런 식으로 말이죠. 조금 더 볼륨을 만들고 싶으신 분들에게 추천드립니다.

집에서 운동을 할 경우에는 침대나 소파에 누워 적당한 무게의 아령을 들어 올리는 것도 좋은 방법입니다. 물론 완벽한 자세로 훌륭한 코치의 도움을 받아 진행하시는 게 좋지만, 유튜브 영상이나 책의 도움을 받아 가볍게 시작하셔도 무방합니다.

양쪽에 같은 무게의 아령이나 바를 어깨 넓이 정도로 잡으신 후 아령 혹은 바가 내 유두선상으로 수직으로 내려오게 한 후 그대로 가슴 근육의 자극을 느끼며 천천히 들어 올려주

시면 됩니다.

무게가 가볍다면 15~20회 정도 3세트에서 5세트를 들어 주시고 무게가 조금 무겁다면 횟수를 7~12회 마찬가지로 3세트에서 5세트 정도 해주시면 됩니다. 초보자분에게는 무거운 무게보다는 내가 가볍게 다룰 수 있는 무게를 추천합니다.

5. 숄더 프레스

숄더 프레스

좁은 어깨는 그러잖아도 큰 얼굴을 더욱더 돋보이게 만들어줍니다. 그래서 우리는 어깨 근육이 필요합니다. 얼굴이 작아 보이는 효과를 위해서 말이죠.

어깨는 우리의 신체 중 가동 범위가 가장 넓은 부위입니다. 이렇게 중요한 어깨에 근육이 있어야 나이가 들어 맞닥뜨리게 되는 각종 부상 예방에 도움이 됩니다.

양손에 같은 무게의 아령을 들고 어깨 위로 팔을 접어 붙입니다. 그리고 수직으로 밀어주는 동작을 반복합니다. 숄더 프레스 운동은 여러 가지 응용 동작이 있습니다. 우선은 기본기를 익히시고 다른 동작을 시도하시는 것을 추천합니다. 역시나 가벼운 무게 그리고 적당한 횟수로 시작해봅니다. 5~10개에서 2~5세트 정도 하는 것을 추천드립니다.

6. 접시 돌리기

한 손에 플라스틱 접시나 가벼운 책을 들고 떨어지지 않게 손을 숫자 8을 그리며 움직여봅니다. 손바닥을 나의 가슴 쪽으로 돌리며 8자를 그려보고 또 반대방향으로도 8을 그려봅니다. 어깨가 좋지 않은 분들은 어렵고 무리되는 동작일 수 있습니다. 하지만 아직 몸이 굳지 않은 분이라면 이 운동으로 어깨를 많이 풀어주세요. 고질적인 어깨 통증으로부터 벗어나고 매우 편안해질 수 있습니다.

7. 바르게 호흡하기

잘못된 호흡으로 인한 어깨 통증을 호소하는 분들이 많습니다. 우리는 하루 평균 약 2만 번의 호흡을 합니다. 이때 호흡이 딸리거나 깊은 심호흡을 못 하는 분은 어깨 근육을 끌어다가 호흡을 하게 됩니다.

지금 바로 앉은 자리에서 호흡을 크게 해보세요. 어떻습니까? 어깨가 들썩이며 올라가는 것을 느끼셨나요? 알게 모르게 호흡을 잘못하는 분들은 무의식적으로 이렇게 어깨가 올라가는 호흡을 하고 계실 겁니다. 자, 그럼 생각해보세요. 하루에 2만 번을 이렇게 어깨를 들썩이며 호흡을 하고 있다고 말입니다. 어깨가 안 아픈 것이 이상한 일입니다.

호흡에 관한 이야기는 책 뒤편에서 더 자세히 다루겠습니다. 하지만 절대 어깨를 들썩이는 호흡은 하지 말아주세요. 여러분의 소중한 몸이 힘들어합니다. 만약 이 책을 읽는 독자님이 습관적으로 어깨가 아프다면 잘못된 호흡을 하고 있을 확률이 높습니다. 책의 끝까지 잘 따라와주세요. 같이 한번 해결해봅시다.

유연한 마음을 위한 유연한 몸

제가 인도에 가서 요가 수련을 할 때 요가 선생님께서 해주신 말씀이 정말 인상 깊었습니다. 몸의 유연성이 떨어지면 마음의 유연함도 잃게 된다는 것이었지요. 그래서 제가 이유를 물으니 이렇게 대답해주셨습니다.

"만약 당신이 팔을 자유롭게 움직이다가 어느 순간 몸이 굳어 팔을 들어 올리거나 뒤로 돌리는 동작이 되지 않는다고 상상해보라. 그러면 그 가동되지 않는 만큼의 사고를 당신은 잃어버리게 될 것이다."

제가 정말 사랑하고 존경하는 어머니는 마음이 정말 넓고 온화한 성품이십니다. 크게 화를 내신 적도 없이 저를 잘 키워주셨지요. 그런데 연세가 환갑을 넘기고 무릎 수술을 여러 차례 하시고 나니, 어디를 돌아다니다가 계단만 보면 짜증과 화를 내시는 모습을 보고 정말 놀랐습니다.

"너는 왜 계단으로만 다니냐?" "엘리베이터는 어디 있느냐?" "너도 엄마 나이 돼봐라."

이런 이야기를 하셨습니다.

이처럼 몸이 아프고 병든다는 것, 그리고 유연성을 잃는다는 것은 아무렇지 않았던 내 삶의 질을 크게 떨어뜨리는 일입니다.

우리 몸은 유연해야 합니다. 몸이 유연하다는 것은 부상을 방지해준다는 것을 의미합니다. 또한 유연한 몸은 가동 범위를 보다 넓혀주며 유연한 사고를 하는 데도 큰 도움을 줍니다.

공중제비를 돌 수 있는 날렵한 몸을 갖고 있는 사람과 달리기나 뜀뛰기조차 힘든 사람의 사고는 어떤 식으로 다르게 흐를까요? 자유자재로 몸을 쓰는 사람은 생각 또한 큰 걸림돌이 없지만, 달리기도 버거운 몸은 '내가 이걸 어떻게 해?'라며 자신의 생각에 벽을 만들기 일쑤입니다.

일주일에 0.1cm만이라도 유연해지겠다는 생각으로 시작하셔도 충분합니다. 그렇게 1년 동안 꾸준히 스트레칭만 잘해줘도 5cm 이상 유연해지실 수 있습니다.

유연한 몸을 만들기 위해 아침에 일어나서는 스트레칭을, 저녁에 자기 전에는 마사지를 해주면 좋습니다. 일하는 중간중간에도 꼭 몸을 풀어주세요. 아무것도 아닌 것 같지만 일의 능률을 충분히 올릴 수 있습니다.

우리가 잠을 잘 못 자면 목이 안 돌아가는 경우도 있고 장시간 생각 없이 운전을 하다 보면 어깨가 안 올라가는 경우도 있습니다. 한 자세로 오랜 시간 경직되어 있는 것은 몸에 정말 큰 무리를 주는 행위입니다.

그래서 수시로 몸을 풀어주는 것은 내 마음에 편안함을 주는 일과도 밀접한 관계가 있다는 사실을 잊지 마시길 바랍니다.

스트레칭 강의

다음으로 몇 가지 쉬운 스트레칭 루틴을 알려드릴 테니 따라 해보세요. QR코드 영상 확인하시는 것도 잊지 마시고요.

1. 다리 스트레칭

벽에 꼬리뼈를 바짝 붙인 후 다리를 양쪽으로 벌려 호흡을 깊게 들이마신 후 왼쪽부터 쭉 내려갑니다. 이때 손이 발을 향하게 내려가는데 꼭 닿지 않아도 괜찮습니다. 처음부터 너무 무리할 필요 없습니다. 그저 내가 사용할 수 있는 가동 범위를 천천히 늘려준다는 마음으로 하시면 됩니다.

왼쪽이 끝나면 오른쪽을 해줍니다. 시간은 짧게는 15초 정도 길게는 1분 정도씩 해주면 좋습니다.

왼쪽 오른쪽이 끝나면 앞으로 양손을 뻗어 내려줍니다. 마찬가지로 시간은 15초에서 1분 내외로 잡고 해주시면 좋습니다.

그다음은 다리를 모아서 같은 방법으로 허리를 곧게 편 상태에서 호흡을 뱉으며 두 손이 양발을 향하게 해서 천천히 내리시면 됩니다.

2. 고관절 스트레칭

무릎을 꿇고 앉아서 개구리 자세를 만들어봅니다. 체중으로 자연스럽게 다리가 벌어지게 만들고 양쪽 손이나 팔꿈치를 바닥에 닿게 합니다. 이 상태로 15초에서 1분 정도 스트레칭을 해주시고 왼쪽 다리 오른쪽 다리 순으로 무릎은 닿아 있는 상태에서 발바닥이 하늘을 향하게 위로 들어 올려주세요. 횟수는 10개씩, 1세트에서 3세트 정도 해주면 충분합니다.

양손을 바닥에 대고 팔을 폅니다. 팔을 펴고 있기 힘들면 팔꿈치를 대고 있어도 됩니다. 두 다리 중 왼쪽 다리를 왼손 옆에 오른쪽 다리는 편하게 펴주세요. 이때 왼쪽 다리를 최대한 왼쪽으로 틀어서 자세를 고정시켜줍니다. 마찬가지로 15초에서 1분 정도 왼발 오른발 순으로 해주시고 체중을 엉덩이 부위에 실어서 편안하게 호흡해주세요.

3. 허리 스트레칭

편안하게 엎드린 상태에서 양손을 가슴 옆으로 놓고 상체를 세웁니다. 호흡을 깊게 들이마신 후 내뱉으며 상체를 돌려 왼쪽 발끝을 봅니다. 이렇게 15초에서 1분 같은 방법으로 다시 내려갔다가 오른쪽 발끝을 보고 마지막으로 다시 내려갔다가 천장을 쳐다봅니다. 시간을 짧게 했다면 3세트 정도,

시간을 길게 가졌다면 1세트만 하셔도 효과는 충분합니다.

4. 어깨 스트레칭

집에 있는 수건을 이용해서 수건 양끝을 잡아 두 손을 어깨 높이에 위치시킵니다. 그리고 손을 서로 반대 방향으로 당겨주세요. 10회씩 두 번에서 세 번 반복해줍니다. 이번에는 손바닥이 천장을 향하게 수건을 잡고 같은 방법으로 10회를 두세 번 반복해줍니다.

어깨 통증이 없는 분들은 다시 수건을 잡은 뒤 두 손을 바닥으로 향하게 하고 머리 위에서 허리 뒤까지 넘겼다가 다시 앞으로 돌아오는 동작을 수행해줍니다. 마찬가지로 10회, 2~3번 반복해주세요.

수건을 이용하기 불편한 분들은 양손을 쭉 폅니다. 손바닥까지 다 편 후에(이때 손바닥은 천장을 향하게 합니다) 최대한 엄지를 바닥으로 향하게 내려줍니다. 이 상태로 어깨를 회전시켜줍니다. 앞으로 10회, 뒤로 10회 돌려주시고 두세 번 반복해줍니다.

5. 손목과 발목 스트레칭

병목 현상이라는 말을 들어보셨을 겁니다. 병의 목처럼 갑자기 통로가 좁아져서 과부하가 걸리는 현상을 말하는데, 우리의 몸에도 이런 병목 현상처럼 '목' 자가 들어가는 손목과 발목이 있습니다.

실제로 손목과 발목에는 신경섬유들이 다발로 들어 있고 이곳의 신경이 눌리거나 꺾이면 엄청난 통증을 동반하기도 합니다. 가끔 불편한 자세로 잠을 자거나 무리를 하면 아침에 일어났을 때 손이나 발이 퉁퉁 붓기도 하고 심하면 움직이기 힘들 정도로 아픈 경험을 해보신 분들이 있을 겁니다.

또한 손과 발에는 인체의 중요 혈자리들이 있고 몸의 축소판처럼 곳곳이 연결되어 있습니다. 기본적인 혈자리를 알아두어 특정 부위가 아프거나 결릴 때 같이 풀어주면 좋습니다.

아침에 일어났을 때 저는 손과 발 특히 손목과 발목을 부드럽게 돌리고 움직이며 풀어줍니다. 가동 범위를 천천히 점진적으로 늘리며 스트레칭해주고 손가락 마디마디 발가락 마디마디 모두 체크를 하며 풀어주고 있습니다.

6. 자기 전 마사지

저와 친한 친구들이나 지인들은 저를 '등대'라고 부르곤 합니다. 등만 대면 잔다고 말이죠. 실제로 저는 "나 잔다"라고 말하면 바로 코를 골며 곯아떨어져서 주변에서 신기하게 보기도 하고 부러워하는 친구도 많았습니다.

잠은 말할 필요도 없이 건강에 중요한 보약입니다. 잠을 잘 자야 몸에 활력이 생기고 충전이 되죠. 자면서 하루의 생각이 정리되기도 하고 몸에서는 새로운 세포들을 생성하기도 합니다. 정말 여러 번 아무리 강조해도 과하지 않을 만큼 중요한 것이 바로 좋은 수면을 취하는 것입니다.

보통 사람은 인생의 3분의 1을 자는 시간으로 보냅니다. 그 3분의 1이라는 시간의 질을 높인다면 나머지 3분의 2의 시간이 어떻게 활용될지 생각해보세요. 잠은 정말로 중요한 것입니다.

이러한 잠을 잘 자기 위해서 자기 전에 마사지를 하고 편안히 호흡을 해주면 몸이 참 좋아합니다.

저에게 수업을 듣는 회원들 중 수면 장애를 겪는 분들에게 잠들기 전 마사지를 추천했더니 많은 분들이 좋아지는 것을 보았습니다. 말 그대로 마사지를 해주면 굳어 있던 근육들이 풀리면서 혈액 순환이 원활해지고 더 나아가서는 호흡을 할 때 긴장했던 몸들이 이완되면서 깊은 호흡을 자연스럽게 도와주며 깊은 잠을 잘 수 있는 편안한 몸 상태로 만들어줍니다.

보통 잠을 잘 못 자거나 근육이 잘 뭉치거나 피로가 많이 쌓이는 사람들의 특징을 살펴보면 잘못된 호흡법과 올바르지 못한 자세 등을 꼽을 수 있습니다. 사람은 보통 하루에 약 2만 번의 호흡을 하게 되는데 깊은 호흡을 하지 못하고 흉식 호흡을 할 경우 어깨 근육을 사용해 호흡을 하게 됩니다. 숨은 쉬고 싶고 답답한 마음이 들고 호흡은 딸리고 그러니 숨을 쉰다고 쉬는데 무의식적으로 계속해서 어깨를 써서 호흡을 하게 되는 악순환이 반복되는 것입니다.

사람이 호흡을 깊게 하면 횡격막을 잘 사용하게 되고 이때는 어깨의 움직임이나 떨림이 없습니다. 하지만 짧은 호흡은 횡격막을 잘 쓰지 않게 되고 이때는 어깨를 들썩이며 호흡을 하게 되는데 하루에 2만 번의 호흡을 어깨를 으쓱대면서 한다고 상상해보세요. 어깨가 안 아픈 것이 오히려 이상한 일입니다.

수면 장애를 겪는 분들은 호흡을 할 때 사용하는 근육과 주변의 근육들이 긴장을 하게 되는데, 이 근육들의 긴장을 풀어주면 아주 조금씩 수면에 도달하기까지의 시간을 줄이는 데 도움을 줄 수 있습니다.

코 주변부터 천천히 마사지를 시작합니다. 손가락이나 주먹을 쥐고 코 양옆을 눌러줍니다. 그리고 이를 깨물었을 때 생기는 근육 부위를 두 손이나 주먹으로 마사지해주세요. 그리고 목과 승모근을 손으로 주물러주셔도 좋고 폼롤러나 마사지를 할 때 쓰기 좋은 나무를 이용해 풀어줍니다. 그리고 어깨 부위부터 천천히 허리까지 내려가면서 몸을 마사지해주세요.

짧게는 5분 길게는 15분까지 이렇게 마사지를 꾸준히 해주면 뭉쳤던 근육이 드라마틱하게 한 번에 좋아지지는 않아도 천천히 편안해지고, 무엇보다 평소 크게 돌보지 못했던 자신의 몸을 돌봄으로써 자신의 몸과 가까워지는 계기가 마련됩니다.

책에서 계속 드리는 말씀이지만 내 몸은 내가 잘 돌봐줘야 합니다.

▼

내 몸의 연결성

우리의 몸은 모두 연결되어 있습니다. 손가락을 다치면 손가락만 아프지 않습니다. 어깨가 아플 때 어깨만 아프지 않습니다. 치통에 시달려본 사람은 하루 종일 머리가 아픈 경험을 해보셨을 겁니다. 내 몸은 어느 부위 하나 홀로 떨어뜨려 생각할 수 없습니다.

우리의 몸은 구분은 할 수 있어도 구별은 할 수 없다는 이야기입니다. 내 몸은 하나이며 그 하나를 잘게 나누어 살펴볼 수는 있어도 딱 하나를 잘라내어 볼 수는 없습니다. 이렇듯 내 몸은 다 연결되어 있기 때문에 운동을 할 때도 이 점을 이용해 운동을 하면 몸 전체적으로 움직임을 좋아지게 만드는 데 도움을 줄 수 있습니다.

제가 추구하는 운동 스타일은 어느 특정 부위를 고립시켜 예쁜 몸을, 조각 같은 몸을 만드는 것이 아니라 정말 실생활에서 도움이 될 수 있는 운동입니다. 예컨대 화분을 옮기거나 세탁기를 옮기는 것처럼 무거운 물건을 들기 좋은 몸을 만든다거나, 혹은 딱딱한 바닥에 넘어져도 부드럽게 대응할 수 있는 감각을 기른다거나 하는 이런 유의 운동을 저는 더 좋아하는 편입니다.

역도나 기계체조처럼 한 가지 동작을 위해 온몸의 근육을 다 써야 하는 동작들을 생각하시면 좋을 것 같습니다.

처음부터 어려운 동작을 한다고 생각하면 어렵지만 앞으로 텀블링을 하기 전에 앞구르기부터 천천히 시작해보는 것입니다. 그러면 텀블링은 안 돼도 앞구르기만이라도 해보는 연습 자체가 중요해지는 것입니다. 이러한 기본 동작에 적응이 되면 천천히 난이도를 올려가며 운동하시기를 추천합니다.

연결성이 좋아지면 운동 수행 능력도 함께 배양됩니다. 물론 운동 신경은 유전적으로 타고나는 면이 큽니다. 하지만 감각적인 부분은 발달시키면 발달시킬수록 몸을 사용하는 데 큰 도움이 됩니다.

마치 우리가 어릴 적 두발자전거를 타기 전 보조바퀴를 달고 자전거 타던 것을 떠올려보면 이해가 쉬울 것입니다. 처음부터 두발자전거를 타는 것은 쉽지 않은 일입니다. 하지만 한번 균형 잡는 법을 익혀두면 5년 뒤, 10년 뒤에 다시 타도 보조바퀴 없이 바로 탈 수 있다는 것을 우리는 알고 있습니다. 수영을 배우는 것도 마찬가지로 몇 년이 지나도 몸이 기억하고 움직이지요. 이렇듯 우리의 몸은 감각과 동작을 기억하는데 이런 감각 훈련을 하는 것이 연결성에 도움을 줍니다.

요즘은 생활 체육 인프라가 매우 잘되어 있습니다. 운동을 좋아하는 분이라면 나의 주변 지역에 있는 각종 동호회를 검색해보세요. 조기 축구회부터 야구, 탁구, 배드민턴 모임 등이 나올 겁니다. 이 중 관심 있는 종목을 선택해 활동하시기를 추천합니다. 이러한 팀 스포츠 혹은 짝 운동의 장점은 내 몸의 연결성뿐만 아니라 다른 사람과의 훈련 혹은 소통을 통해 사회적인 지능까지도 향상시켜주니 일석이조의 효과를 가져다줍니다. 본인과 궁합이 잘 맞는 운동을 선택해서 부상

없이 무리하지 않는 선에서 취미 생활을 해보세요.

그리고 자녀분이 있다면 가족과 함께 운동하시는 것을 추천합니다. 마치 협주곡을 연주하듯 가족 내에 좋은 하모니가 생기는 것은 또 하나의 덤입니다.

▼

마음 수련에 들어가기에 앞서

세상 모든 일은 마음이 하는 일이라고 합니다. 세상 만법은 마음이 창조해낸다는 뜻입니다. 우리가 건강한 몸을 만드는 이유는 그곳에 건강한 마음과 정신이 깃들게 하기 위함입니다.

건강한 몸은 사물을 긍정적으로 볼 수 있게 해주는 힘을 만들고 무엇이든 해낼 수 있다는 마음가짐을 갖게 해줍니다. 이를 위한 근본 바탕이 마련되었다면 이제 마음 수련이라 해도 좋고 마음공부라고 해도 좋은, 진정한 나와 만나는 시간이 펼쳐질 것입니다.

마음을 수행한다는 것 혹은 공부를 한다는 것이 사실은

우리가 다 알고 있는 뻔한 이야기일 수도 있습니다. 하지만 이 뻔하고 별것 아닌 이야기도 시절 인연이 닿아야 시작이 된다는 것을 저는 수행을 통해 깨달았습니다. 세 살배기 아이도 아는 내용을 여든 먹은 노인이 실천하지 않는 것과 같은 이치입니다.

사람이 운이 좋을 때는 만나게 되는 사람이 달라집니다. 사람이 운이 나쁠 때는 나타나는 사람 또한 달라집니다. 단지 시간이 지나 그때는 내가 운이 안 좋았을 때였구나, 이때는 내가 운이 좋았구나 하고 먼 훗날 알아차릴 뿐입니다.

며칠 전 책을 쓰는 중에 입동을 맞았습니다. 절기상 겨울이 시작되는 것을 알려주는 시기지요. 분명히 며칠 전만 해도 아침 기온이 17도였는데 입동이 지나자 하루 만에 7도로 떨어지는 것을 보고 저는 깜짝 놀랐습니다. 입동을 기점으로 10도가 떨어져버리더군요.

17도와 7도는 엄청난 공기의 차이가 있습니다. 세상의 온도도 이렇게 변하는데 인간의 운이라 하는 것도 별반 차이가 없을 것입니다. 17도에서 7도로 온도가 변하면 우리는 코트나 점퍼 등 두꺼운 외투를 입어야 합니다. 그런데 어제 17도였던 것만 생각하는 사람은 얇은 겉옷을 입고 나갔다가 큰 낭패를 볼 것입니다. 비가 오는데 우산을 준비하지 못한 것과 같은 이치입니다.

사람이 운이 좋을 때는 겸손하고 감사해야 그 운이 오래 머물며 사람이 운이 좋지 않을 때는 그저 바닥에 바짝 엎드려야 그 손해가 크지 않을 것입니다. 이 이치를 바로 알아야 비로소 자연과 우주의 원리에 순응하고 큰 풍파를 피하며 건강하게 사는 길이 마련될 것입니다.

자연에 봄, 여름, 가을, 겨울이 있듯 한 인간에게도 흥망성쇠가 있는 법입니다. 누구나 일이 잘 풀릴 때가 있고 때론 일이 안 풀릴 때도 있는 법입니다. 그리고 누구나 태어나면 죽게 되는 것이 인생사이며, 찰리 채플린이라는 배우가 했던 말처럼 인생은 가까이서 보면 비극이지만 멀리서 보면 희극이 될 수도 있는 것입니다.

마음 수련과 몸 수련은 평생 내가 끌고 가야 할 수레바퀴입니다. 어느 한쪽의 바퀴가 너무 크거나 작다면 그저 제자리에서 빙빙 돌 뿐 앞으로 나아갈 수가 없습니다. 이 점을 바로 알아두고 수련을 게을리해서는 안 될 것입니다.

내 마음이 나라는 몸 이외에 기댈 곳이 어디에 있단 말입니까.

건강하지 못한 몸은 내 마음을 병들게 합니다. 하루 종일 몸이 아파보면 그 이유를 아실 것입니다. 심한 독감에 걸려 종일 방에 누워 있어야 한다면 도대체 그 마음은 무엇을 할 수 있을 것이며, 반대로 몸이 건강해도 마음공부를 하지 않아 지혜를 갖추지 못한다면 최신형 휴대폰을 구입하고도 전화를 걸고 받는 용도로만 쓰는 것 이상도 이하도 안 되는 것입니다.

아무쪼록 우리 독자분들은 몸 수련, 마음 수련을 부지런히 하셨으면 좋겠습니다. 이제 마음 수련에 필요한 요소들을 같이 살펴보도록 하겠습니다.

▼

마음의 성질, 끊임없는 변화

마음공부를 하기에 앞서서 우리는 우리 마음의 성질을 바로 알아야 합니다. 마음에는 몇몇 특성이 있는데 이것을 바로 알아야 나와 남을 이해하는 데 큰 도움이 됩니다.

첫 번째 특징은 마음은 수시로 변한다는 것입니다.

사람이 화장실 들어갈 때 마음과 나올 때 마음이 다르다고 표현할 정도로 인간의 마음은 내가 어디에 위치해 있느냐에 따라 수시로 변하는 법입니다.

폭력은 나쁘다고들 말합니다. 저 역시 동의합니다. 하지만 내 목숨이 위태로운 순간, 내가 죽을 수도 있는 상황에 나를 지키기 위한 폭력도 나쁜 것일까요? 내가 어쩌면 당연하다고 생각하는 명제들도 막상 상황이 변하면 달라질 수도 있다는 것을 알아야 합니다.

남의 이야기는 쉽고 내 이야기는 어렵게 생각합니다. 타인의 고통에는 그런 건 그냥 잊고 넘겨버리라고 쉽게 이야기할 수 있어도 막상 내 이야기가 되면 그렇게 괴로울 수가 없습니다. 친한 친구가 1천만 원을 사기당했다고 하면 그냥 액땜했다 생각해라, 잊어버려라, 이겨내라 등 많은 조언을 아주 쉽게 내뱉지만, 정작 자신은 1백만 원만 사기를 당해도 몇 날 며칠을 울분에 싸여 잠을 못 이루는 게 우리의 현실이죠.

그뿐인가요? 주변의 연인들을 보세요. 그렇게 서로 없으면 죽을 것처럼 애정 행각을 벌이던 커플들이 몇 달 뒤, 몇 년 뒤에도 그렇게 붙어 있고 아직도 눈꼴사나울 정도로 사랑하던가요? 심지어 자기가 배 아파 낳은 자식하고도 원수지고 사는 게 사람의 마음입니다.

사람의 마음이 이렇듯 변화무쌍합니다. 말 한마디로 천냥 빚을 갚기도 하지만 말 한마디로 평생 가는 원수 사이가 되기도 합니다. 우리는 우선 이러한 마음의 변화를 바로 알아야 합니다.

나부터도 아침 마음, 점심 마음, 저녁 마음이 다 다른데 타인에게 엄격한 기준을 만들어 "네가 어떻게 나한테 그럴 수 있어!" 이렇게 생각해버리면 거기서부터 커다란 고통이 생겨나게 됩니다. 오히려 인간이기 때문에 그럴 수 있다고 생각하고 접근하는 것이 관계에서나 나에게나 매우 현명하고 이로운 길입니다.

내가 산에 오르는 것이 너무 좋고 행복해서 산에 오른다면 그뿐입니다. 그 산에게 "나는 너를 이렇게 좋아해서 매일 오르는데 넌 왜 날 사랑하지 않느냐?"라고 말하지 않습니다.

그런데 우리는 관계에서 그런 것을 요구합니다. 내가 너에게 이만큼 해줬는데 넌 왜 안 해주냐? 난 당신을 사랑해서 내 모든 것을 헌신하고 희생했는데 당신은 왜 나에게 그만큼 돌려주지 않느냐? 이런 말들을 왕왕 하죠.

마음공부를 오래한 저로서도 힘든 부분이긴 합니다만, 이제는 누군가와 사랑을 하다 그 사람이 떠난다면 미련 없이 잡지 않는 성숙한 모습을 조금은 보일 수 있게 되었습니다.

내가 상대방을 사랑하는 것은 내 마음이지만 상대방의 변한 마음 또한 상대방의 소중한 마음이라는 것을 깨닫는 데는 오랜 시간이 걸렸습니다.

저는 "네가 어떻게 나에게 그럴 수 있어?"라는 말을 하지 않습니다. 내 마음이 늘 변하듯 상대도 그럴 뿐입니다. 그저 인연이 닿았을 때 최선을 다하는 것, 그것이 나의 도리이고 그 사람이 내 곁에 오래 머물 수 있도록 내가 가진 최고의 것을 주는 것, 이것 말고는 어찌할 도리가 없음을 이제는 말할 수 있습니다.

모든 것은 그저 시절 인연일 뿐입니다. 시시각각 변하는 나와 남의 마음에 너무 연연할 필요는 없습니다. 그리고 무엇보다 이것이 마음의 본질임을 바로 알아야 합니다. 그 깨달음이 없다면 어리석음에 빠져 힘든 삶을 살게 될 것입니다.

나의 마음이 변하는 것에는 관대하면서 왜 남의 마음이 변하는 것에는 엄격하게 행동하시나요? 설사 내가 태산 같은 무거움을 가지고 있다고 하여도 상대방은 깃털 같은 가벼움을 가지고 있을 수도 있습니다.

이러한 변화에 적응을 하지 못하는 사람은 늘 남 탓을 하고 불평불만을 쏟아낸다는 특징이 있습니다. 정말로 가슴 아픈 일이 아닐 수 없습니다.

남 탓을 쏟아내는 사람을 곁에 두고 싶어 하는 사람이 세상 어디에 있을까요? 사람은 주파수가 같은 사람끼리 어울리기 마련입니다. 긍정적인 사람은 긍정적인 사람끼리 어울리고 부정적인 사람은 부정적인 사람끼리 어울리지요.

독자분들도 내가 아는 사람 중에 부정적이라고 느껴지는 사람을 한번 떠올려보세요. 늘 부정적인 생각과 말, 내가 늘 피해를 보고 산다고 느끼는 사람은 우선 미간과 이마에 주름이 잡혀 있을 것이며 찡그린 인상이 대부분이고 투덜대다 보면 입도 삐죽거리기 일쑤이니 입술 또한 툭 튀어나온 경우가 많습니다. 화가 많으니 열이 많고 심장이 안 좋을 것이며 원형 탈모나 스트레스로 인한 수면 장애나 불면증, 더 나아가 소화기관까지 문제가 있을 수도 있습니다.

지금 당장 거울을 한번 보시기 바랍니다. 관상은 과학이라고 하지 않던가요? 관상은 여러분의 마음입니다. 관상은 여러분의 심상이기도 합니다. 편안하고 온화한 얼굴은 많이 베풀고 여유 있는 삶을 보여주는 것입니다. 늘 입꼬리가 올라가 있고 자주 웃는 얼굴은 마치 아름다운 정원에 나비가 모이듯 주변 사람들을 편하게 해주는 법이지요. 잘생기고 예쁜 얼굴은 질릴 수 있어도 어딘가 모르게 살아 있는 눈빛과 온화한 표정 혹은 따듯한 미소와 개구쟁이 같은 얼굴은 질리지 않고 오래 보고 싶습니다. 이런 점을 생각하면 나이 마흔이면 자신의 얼굴에 책임을 져야 한다는 말이 저절로 이해가 됩니다.

얼굴 표정이 매번 변하듯 마음도 늘 변하고 있습니다. 웃는 얼굴에 침을 못 뱉는다고 합니다. 착한 마음씨, 너그러운 마음씨는 오죽할까요? 내 마음을 이해하는 일, 그리고 타인의 마음을 이해하는 일, 이것이야말로 마음공부의 첫걸음이 될 것입니다.

마음은 한 번에 한 곳으로만 간다

마음은 한 번에 한 가지 생각만 할 수 있습니다. 아주 빠른 찰나에 생각을 바꿀 수는 있어도 한 번에 두 가지를 떠올릴 수는 없다는 이야기입니다.

그리고 이렇게 내가 마음 쓰는 일에는 길이 생깁니다. 즉, 마음에도 길이 생긴다는 이야기입니다. 이 길은 처음에는 한 사람만 겨우 걸어갈 수 있는 좁은 통로였다가 그 길로 계속해서 내 마음이 들락날락하다 보면 어느 샌가 16차선 도로가 생기기도 하고 실로 엄청난 물줄기가 되어 걷잡을 수 없는 커다란 마음 길이 생기기도 합니다.

우리는 보통 마음이 굳건한 사람들을 보고 의지가 강하

다고 표현합니다. 이때 의지가 강하다는 건 마음이 향하는 길이 분명하다는 뜻으로 해석할 수 있습니다.

최근에 '중꺾마'라고 해서 중요한 건 꺾이지 않는 마음이라는 말이 유행했습니다. 이것이 가능하려면 마음의 길이 아주 잘 닦여 있어야 합니다.

세일즈 분야에서 대가를 이룬 사람들의 이야기는 늘 한결같습니다. 밥 먹을 때나 잠잘 때나 출퇴근길에나 어떻게 하면 하나라도 더 팔 수 있을까 고민하며 심지어 친구나 동료를 만나도 세일즈에 대해서만 이야기한다고 하죠. 이러한 마음이 한 사람을 판매의 신으로 만들어주는 것입니다.

그런데 한편으로는 무서운 말이기도 합니다. 사람의 마음에는 긍정의 길로 도로가 날 수도 있지만 부정의 길로도 도로가 날 수 있습니다. 어떠한 상황이든 긍정적으로 해석하는 사람이 있는 반면 매사에 부정적인 방향으로만 생각할 수도 있다는 말이지요. 실로 이렇게 길이 나버리면 다른 방향의 길은 보이지 않기도 합니다. 그래서 처음 도로를 포장할 때 길을 잘 닦아주어야 합니다.

이것에 대해 재미있는 실험을 한 적이 있습니다. 어느

TV 프로그램에서 어머니는 바구니를 들고 있고 아이의 눈을 가린 뒤 아이가 공을 던져 바구니에 집어넣는 실험을 했습니다. 한쪽 부모님들은 부정적인 언어를 많이 사용했고 다른 한쪽 부모님들은 긍정적인 언어를 많이 사용했습니다. 예를 들어 그쪽으로 던지지 마, 아니 아니, 좀 더 세게 던져야지, 지금 잘못 던졌잖아 하는 식으로 부정적인 언어를 사용하는 부모님 군이 있었고, 반대쪽 부모님들은 잘했어, 조금만 더 세게 던져볼까, 잘했어, 오른쪽으로 조금만 더 방향을 틀어서 던져볼까, 아주 잘했어, 거의 다 됐어 하는 식으로 긍정의 언어를 사용했지요.

결과는 어땠을까요? 물론 부모님들이 긍정의 언어를 사용한 쪽 아이들이 바구니에 공을 더 많이 집어넣을 수 있었습니다.

사람들은 건강하고 싶다고 말하면서 걱정을 너무 많이 합니다. 돈을 많이 벌고 싶다고 말하면서 정작 걱정이 너무 많아 시도조차 하지 못합니다. 사람들은 좋은 관계를 만들고 싶다고 하면서 상대에게 힘이 되는 말보다는 상대의 기운을 꺾는 말을 되레 많이 합니다.

저로서는 정말 이해가 되지 않습니다. 이것은 지혜가 부족해서입니다. 인간의 뇌는 부정과 긍정을 인지하지 않습니다. 코끼리를 생각하지 마세요. 누군가가 이렇게 이야기하면 코끼리가 떠오르게 됩니다.

　스키 선수가 스키를 탈 때 장애물을 피해가며 스키를 타는데, 만약 장애물을 의식하고 장애물을 피하려고 스키를 탄다면 빠른 속도를 유지하며 좋은 기록을 내기가 어려울뿐더러 오히려 장애물이 너무 크게 보여 장애물을 건드리며 속도를 낼 수 없게 됩니다. 유능한 스키 선수일수록 장애물은 오히려 신경 쓰지 않고 자기가 가야 할 길에만 집중하며 나아갈 뿐입니다.

　우리의 마음 길을 잘 닦아두어야 삶이 편안합니다. 나에게 일어나는 일들을 걸림돌이 아닌 디딤돌로 볼 줄 아는 지혜가 필요합니다.

　인생의 일들은 언제나 동전의 양면처럼 다가오는 법입니다. 갑자기 나에게 일어난 일이 무척 당황스럽고 불편했는데 다 해결된 뒤에는 오히려 나에게 득이 되는 경우가 있고, 처음에는 아주 좋은 일이라 생각하고 이게 웬 횡재냐 하고 좋아했는데 나중에는 나에게 해가 되는 경우도 있습니다.

세상일이라는 건 좋은 일 나쁜 일이 따로 있는 것이 아니라, 내가 그 일을 좋게 바라보느냐, 나쁘게 바라보느냐의 차이만 있을 뿐입니다. 이렇게 나의 관점이 삶을 만들고 있다는 것을 명확하게 이해하는 지혜가 필요합니다.

마음은 언제나 한 번에 한 가지 생각만 떠올립니다. 이 마음을 어떻게 쓰느냐는 온전히 나의 관점에 달려 있습니다. 올바른 견해, 올바른 마음이 올바른 행동과 올바른 성격을 만든다고 저는 믿고 있습니다.

▼

마음 수련의 시작, 나를 이해하기

마음을 수련하기로 마음먹었다면 우선 나라는 사람을 파고들어야 합니다.

나는 도대체 누구인지
나는 어디서 와서 어디로 가는지
나는 왜 사는 것인지
나는 무엇을 좋아하는지.

사람으로 태어났다면 최종적인 공부는 바로 이러한 질문을 던지는 것일 겁니다. 많은 사람들은 이러한 질문을 하지 않고 살아갑니다. 그 이유는 너무 간단합니다. 먹고살기 바쁘면 이런 질문을 할 시간도 여유도 감정도 들지 않습니다. 그래서 인간 공부의 끝은 결국 마음공부라고 이야기하는지도 모르겠습니다.

제가 진지하게 이 질문에 대한 해답을 찾으려고 노력한 것이 서른살 즈음이었고, 그때부터 명상을 시작해 오늘날에 이르게 되었습니다.

저는 지금도 제 인생에서 가장 잘한 일이 이 마음공부를 시작한 것이 아닐까 하는 생각을 합니다. 마음공부를 하면 할수록 내가 나의 마음을 이해하게 되고 더 나아가 타인의 마음도 이해가 되기 시작합니다. 그리고 나의 마음이 소중한 만큼 타인의 마음도 소중하다는 것을 알 수 있으며, 더 나아가 남과 나라는 존재가 결국은 둘이 아님을 인지하게 되고 그로 인해 생기는 과보果報나 인연의 소중함 또한 정말 가슴 깊이 이해하게 됩니다.

저 역시 마음 수련 혹은 마음공부를 하기 전까지는 그렇게 나 자신과 대화를 많이 하지 않았던 것 같습니다. 그나마 이 공부를 쉽게 이해하고 진행했던 바탕에는 일기를 쓰던 습관이 매우 큰 도움이 되었습니다. 저는 운동 일기 그리고 매일 무엇을 먹었는지 그리고 그 음식의 느낌은 어땠는지 등을 적는 습관이 있었습니다. 그리고 이러한 것들이 남들은 몇 년이 걸리기도 한다는 나를 이해하고 발견하는 시간을 몇 주 며칠로 줄여주는 바탕이 되었음을 나중에 알게 되었습니다.

그만큼 나를 알기란 쉽지 않은 일입니다. 오죽하면 열 길 물속은 알아도 한 길 사람 속은 모른다는 말까지 나왔겠습니까?

수많은 심리학자와 철학자가 인간을 연구하고 탐구합니다. 많은 분야의 사람들이 공부 중에 으뜸 공부는 사람 공부라고 하지 않던가요? 사람 공부라는 것 결국 마음을 공부하는 것입니다.

성공한 사업가는 사람의 마음을 잘 읽은 것이며, 사랑도 돈도 권력도 정치도 모두 사람 마음이 하는 일 아니겠습니까? 그런데 우선 내가 살아가는 게 편하고 즐거워야 하는 법입니다. 인간으로 태어나서 누군가는 신나게 잘 놀다 가는데 누구는 죽지 못해 산다고 합니다. 이왕지사 사람의 몸으로 태어났는데 신나게 놀고 즐겁게 살아야 되지 않을까요?

그러려면 우선 나를 알아야 됩니다. 나란 사람이 진짜 누구인지 알고 내가 어디서 와서 어디로 가는지 정도는 정말 알고 살아야 합니다.

그러면 여러분들은 저에게 질문을 하시겠지요?

"당신은 아는가?"

네, 저는 자신 있게 말씀드릴 수 있습니다. 저는 제가 누구인지 명확하게 알고 또한 어디서 와서 어디로 가는지 정도는 알고 살아가고 있다고 자신 있게 이야기할 수 있습니다.

그럼 또 저에게 질문을 하시겠죠?

"당신이 알면 내게도 알려줘."

그럼 저의 대답은 이것입니다.

세상의 풀도 나무도 꽃도 나비도 존재의 이유가 다 다릅니다. 지금 이 글을 읽는 독자님과 저의 존재의 이유가 같을 수는 없습니다. 이 해답은 본인이 풀어내야 합니다.

이 문제는 누군가에게는 쉽고 누군가에게는 어려울 수 있습니다. 하지만 단언컨대 이 문제를 해결하고 나면 삶의 많은 부분이 쉬워질 겁니다. 내가 누구인지 알고 사는 것과 모르고 사는 것은 암흑 속에서 눈을 가리고 살아가느냐 세상을 또렷하게 보며 살아가느냐 그 이상의 의미가 있다고 저는 생각합니다.

마음 수련의 시작과 끝, 감사하기

저는 하루를 늘 감사의 기도로 시작하고 또 마무리 짓고 있습니다. 아침에 일어나 눈뜨면 가장 먼저 하는 것이 감사의 기도이며 잠들기 전 하루의 마무리 또한 감사의 기도를 하고 잠자리에 듭니다. 저는 이것이 하루의 시작과 끝이기도 하지만 마음 수련의 시작과 끝이기도 하다고 생각합니다.

먼저 저의 루틴을 간략하게 설명하겠습니다. 우선 아침에 잠에서 깰 때, 정신이 희미하게 들 때 천천히 몸을 일으켜 앉습니다. 그리고 발끝부터 무릎 그리고 허벅지까지 주무르며 소리 내어 말합니다. "다리야, 고마워. 오늘도 이렇게 튼튼하게 나를 원하는 곳까지 데려다주고 오늘도 이렇게 건강한 다리여서 고마워."

그리고 배를 만지며 "내 장기들아, 고마워. 오늘도 좋은 음식을 잘 소화시켜줄 거지? 정말 고마워."

그리고 팔을 만지며 "팔아, 고마워. 오늘도 이렇게 튼튼함을 유지해줘서 고마워. 오늘도 나를 위해 함께해줘서 정말 고마워."

그리고 얼굴의 눈 코 입 등 모든 중요 신체 기관을 만지며 고마움을 소리 내어 표현합니다.

내가 내 몸을 사랑해주지 않으면 그 누가 이렇게 사랑해주겠습니까? 저는 자신의 몸을 학대하거나 경시하는 것, 그저 몸뚱어리에 지나지 않는다고 말하는 것은 매우 위험한 일이라고 생각합니다.

자신의 마음이 담기는 그릇을 어떻게 경시할 수 있겠습니까?

내 마음에 부처님이 존재한다면 내 몸은 법당이요, 내 마음에 하나님이 존재한다면 내 몸은 성당이며 교회입니다. 내 마음에 성령이 존재하는데 내 몸이 어찌 사원이 될 수 없단 말입니까?

본인이 스스로 본인의 몸에 술이나 마약, 담배 등 몸에 좋지 않은 것들을 주입한다면 도대체 어느 신이 좋다고 그 몸에 사랑과 축복, 그리고 자비를 내려주겠습니까? 같은 이치로 독자분들도 친구 집에 초대를 받았는데 그 집이 너무 더러우면 다시는 놀러가고 싶지 않을 텐데 말입니다.

본인의 몸이 그렇게 술과 담배 혹은 그 어떤 것이든 좋지 못한 것으로 채워져 있다면 과연 성령께서 그 몸에 놀러 오고 싶을까요? 아마 놀러 왔다가도 '어이쿠! 다시는 올 곳이 못 되는구나' 하고 도망가지 않을까요?

우리의 몸은 마음을 담는 그릇입니다. 나는 그 그릇을 누구보다 깨끗하게 관리하며 사랑해주어야 하는 책임이 있습니다. 무엇보다 내가 나를 사랑할 때 남도 나를 사랑하는 법입니다. 내가 소중하게 여기지 않는 것은 남도 똑같이 대하기 마련입니다.

오늘 내가 살아 숨 쉴 수 있다는 것 하나만으로도 엄청나게 감사한 일입니다. 나에게 일어나는 많은 문제들은 감사함이 부족해서 오는 것이 많습니다. 신발이 없어서 불평불만을 하고 있었는데 옆에 다리가 불편한 사람이 휠체어를 타고 지나가는 상상을 해보십시오. 내가 가지고 있는 것에 감사함을 느낄 때만 내 마음에 비로소 충족된 마음이 생기며 그 마음은 또 다른 감사함을 불러오게 됩니다.

이 감사한 마음은 마음 수련에 있어서 가장 정수가 되는 내용입니다. 감사한 마음을 늘 가지고 산다면 사실 별다른 마음공부도 필요가 없습니다. 감사한 마음은 계속해서 감사함을 불러옵니다.

물이 높은 곳에서 아래로 흐르듯 감사한 마음은 나를 낮추는 마음이며, 세상의 모든 일이 나 아닌 것의 도움으로 살아가는 것임을 알게 될 때 비로소 남을 돕는 길이 곧 나를 돕는 길이라는 것을 바로 알게 됩니다.

나라는 존재는 남이 없으면 절대 존재할 수 없습니다. 이 이유만 놓고 보아도 세상은 온통 감사할 일로 가득한 것입니다. 내가 하는 말과 행동, 생각, 모든 것이 나에게로 돌아오게 되어 있습니다. 마음공부를 하면 할수록 뿌린 대로 거둔다는 사실을 알게 됩니다. 이것은 자연계의 법칙이며 나 역시 그에서 벗어날 수 없는 현상이기 때문입니다.

마음공부를 시작했다면 늘 감사한 마음을 잡고 계셔야

합니다. 내가 가진 최고의 것을 세상에 줄 때 비로소 세상은 나에게 선물을 주기 시작하는 법이니까요.

▼

생각에 끌려다니지 않기

많은 사람들이 착각하는 것 중 하나가 '생각은 내 것이다'라고 여기는 것입니다. 내 의식이 생각을 만들어냈고 내 머릿속에서 나왔기 때문에 내 것이라고 여기기 쉬운데, 사실 생각이라는 것은 공연히 올라오는 것이지 내 것이라 할 만한 게 없습니다.

조금 더 알기 쉽게 풀어보겠습니다.

독자분들은 잠시 이 글을 읽는 것을 멈추고 3초의 시간을 드릴 테니 아무 생각이나 떠올려보시기 바랍니다. 1초, 2초, 3초……

무슨 생각을 하셨나요?

저는 아무 생각이나 해보라는 이 질문을 처음 받았을 때 하나 둘 셋! 하고 바로 튀어나온 생각이 '아! 고기 먹고 싶다!' 였습니다. 지금 생각해도 조금 우스꽝스럽긴 한데, 그 생각이 떠오른 이유는 저 질문을 받았을 당시 고기를 끊고 수행하던 중이었기 때문입니다.

여러분들은 무슨 생각을 하셨나요?

자, 이제 다시 한번 곰곰이 생각을 해보겠습니다. 만약에 이 질문을 받기 전 어제로 돌아가 하루 종일 드라마를 보았 다면 어땠을까요? 아니면 내가 어떠한 물건을 영업해야 하는 상황에서 이 책을 읽었다면 어땠을까요? 아니면 정말 사랑하 는 사람과 이별을 했다면요?

우리의 생각은 생각의 탱크에서 나옵니다. 생각의 탱크 는 물탱크를 떠올려보면 이해가 쉬울 겁니다. 물탱크는 물을 저장했다가 수도꼭지를 돌리면 물을 내보내죠. 물탱크에 뜨 거운 물이 가득하다면 물을 틀었을 때 뜨거운 물이 나올 것입 니다. 혹은 내가 물탱크에 파란색 잉크를 잔뜩 풀어두었다면 파란색 물이 나오겠지요. 내가 저장하였던 것이 수도꼭지를 틀면 나오듯 나의 생각 또한 이와 같은 이치로 흐릅니다.

내 생각의 탱크에 긍정을 가득 채워두었다면 내가 무슨 말을 하거나 어떠한 행동을 할 때 내가 저장하였던 긍정의 생각이 쏟아져 나올 것이며, 내 생각의 탱크에 부정적인 말 또는 행동이 들어 있거나 그런 장면이 많이 나오는 영화나 만화 등 안 좋은 것을 많이 보았다면 아마 내가 무엇을 떠올렸을 때 부정적인 생각이 나오는 것은 아주 당연한 결괏값일 것입니다.

만약 내가 어제 하루 종일 남녀의 갈등을 다루는 프로그램을 보았다고 상상해보세요. 다음 날 내 애인 혹은 배우자를 본다면 혹시 이 사람도 그러지 않을까 하며 없던 의심까지 하게 만드는 게 생각의 무서움입니다. 물론 반대의 경우도 마찬가지입니다.

하지만 아주 애석하게도 우리의 마음은 긍정보다 부정에 더 강렬하게 반응합니다. 이것을 쉽게 알 수 있는 부분이 바로 질병의 명칭입니다. 우리가 부정의 마음을 계속 갖게 될 때 걸리는 질병은 참으로 많습니다. 우울증이니 불면증이니 공황장애니 이런저런 질병은 그 이름에 우리 마음의 불안한 상태가 반영되어 있습니다. 이와 반대로 감사병이나 기쁨증,

행복증 등 긍정적인 상태를 나타내는 병이나 증상은 이름이 없다는 것만 보아도 우리의 마음과 뇌는 부정적인 느낌에 더 강하게 반응한다는 것을 알 수 있습니다.

우울한 마음은 인간을 한없이 바닥으로 끌어내리는 데 반해 감사한 마음이 인간을 한없이 하늘로 띄워주지는 않습니다. 우울한 마음의 극단에는 살고 싶지 않다는 생각이 있지만, 감사한 마음의 극단에는 너무 감사해서 살고 싶어 신이 난다는 느낌까지 들지 않는다는 것에서도 알 수 있습니다.

쾌락과 고통을 놓고 보아도 그렇습니다. 적당한 쾌락은 인간을 기분 좋게 해주지만 그 쾌락에 너무 젖어버리면 어떻던가요? 더 큰 고통이 나를 괴롭게 합니다. 너무 맛있어서 많이 먹으면 과식이 되고, 너무 사랑했던 사람이 나를 하늘 끝까지 날아오르게 해주었다가 이별의 고통을 마주하게 되는 순간 올라갔던 높이만큼 나를 끌어내리지 않던가요?

이렇듯 내가 만들어내는 생각, 내가 만들어내는 감정은 철저하게 내가 저장했던 것을 바탕으로 나오게 되어 있습니다. 그러면 우리는 내가 저장했던 생각에 끌려다닐 필요가 없어야 하는데 애석하게도 그렇지 못해 고통스러워합니다.

내가 저장했던 생각이나 경험이 계속해서 나의 현재 상황에 영향을 줄 수 있다는 것을 명확하게 인지했다면 나를 계속해서 좋은 환경, 좋은 경험, 좋은 이야기 속의 주인공으로 만들어야 하는데, 그렇게 하지 못하는 것 또한 아이러니한 일입니다.

수행자들이 왜 사람이 없는 곳에 가서 수행을 하는지 생각해보면 좀 더 이해하기 쉬우실 겁니다. 혹은 사람들이 여행을 떠나 환경을 변화시키는 것도 비슷한 맥락입니다.

만약 여러분이 인간과 일에 치이고 삶이 너무 버겁고 무거워 모든 것을 버리고 속세를 떠난다고 생각해보세요. 스트레스를 받지 않는 환경에 놓이게 되면 커다란 물컵에 들어 있는 흙이 가라앉듯 나를 괴롭혔던 이런저런 생각들이 가라앉으며 편안해진 상태가 일시적으로 만들어질 수 있습니다. 물론 이것이 모든 문제를 해결하지는 않습니다. 다시 현실로 돌아오면 컵이 흔들려 흙들이 다시 소용돌이치며 일어나는 것처럼, 이내 우리의 마음 그리고 생각 또한 다시금 혼탁해지기 때문입니다.

그래서 우리는 우리의 생각의 탱크에 계속해서 좋은 물,

맑은 물을 넣어주어야 합니다. 부부 생활을 잘하고 싶다면 부부 갈등을 다루는 심각하고 자극적인 TV 프로그램을 보기보다는 로맨틱한 영화를 택하거나 금실 좋은 부부를 만나 그들을 보고 배우는 편이 낫습니다. 아이를 잘 키우고 싶다면 문제 아이를 교화시키는 프로그램을 보며 어떠한 기술이나 이론 혹은 원인을 파헤치는 것보다, 부부가 정말 사랑하고 좋은 본보기를 보이며 훌륭하게 아이들을 키워낸 부모님들을 롤모델로 삼는 편이 현명한 방법입니다.

컵에 더러운 흙이 들어갔을 때 그 흙을 덜어내거나 가라앉혀서 물이 맑아지기를 기대하는 것보다 그 컵에 맑은 물을 계속해서 붓는 것이 훨씬 빠르게 맑은 물을 마실 수 있는 방법입니다.

우리의 의식과 감정 그리고 생각의 틀은 쉽사리 바꿀 수 있는 부분이 아닙니다. 그래서 우리는 우리가 사용할 수 있는 기관들을 잘 사용해야 합니다. 눈으로는 좋은 것을 보고 귀로는 좋은 것을 듣고 입으로는 좋은 것을 먹어야 합니다.

예전에 왕이 태어나면 성년이 될 때까지 이렇게 귀하게 키웠다고 합니다. 물론 우리가 태어났을 때부터 이렇게 좋은 환경에 놓일 수는 없지만 성인이 되면 선택을 할 수 있는 자유가 생깁니다. 이 선택이라는 자유의지를 통해서 가급적 좋은 것을 보고 듣고 말하는 연습을 해야 합니다. 이것이 내 마음을 바로잡는 중심 역할을 하고 세상을 바로 볼 수 있는 있는 눈을 갖게 도와줍니다.

절대로 생각에 끌려다니지 마시길 바랍니다. 생각은 내 것이 아니며 내 생각의 탱크에서 나오는 하나의 작은 소리일 뿐입니다. 그저 내 생각의 탱크에 좋은 재료가 될 수 있는 좋은 이야기들을 채워나가시길 바랍니다. 이 훈련만 잘되어도 생각의 고통으로부터 매우 자유로운 나를 발견하실 수 있을 것입니다.

▼

알아차림

몸 수련, 마음 수련으로 어느 정도 수준에 올랐다면 이제 알아차림이 서서히 가능한 단계가 올 것입니다. 사람마다 정도의 차이, 밝기의 차이, 시기의 차이는 있을 수 있습니다. 빨리 된다고 혹은 느리게 된다고 해서 이상할 것이 하나도 없습니다. 그저 알아차림이 가능하게 되면 예전에는 보이지 않던 것들이 천천히 보이게 되고 이것 역시 갈고닦으며 알아차림이라는 감각을 발달시키면 마음에 커다란 여유가 생기기 시작합니다.

우선 나의 몸이나 행동을 관찰하는 힘이 생깁니다.

'어? 나는 예쁜 여자랑 대화할 때 약간 땀이 나고 긴장이

되네.'

'어? 나는 사람이 많은 곳에서 발표할 때 긴장해서 목소리가 떨리는구나.'

'어? 나는 대화를 할 때 축구가 주제가 되면 목소리가 커지고 말이 빨라지는구나.'

'어? 나는 턱걸이를 할 때 호흡을 안 하는 버릇이 있구나.'

이런 유의 알아차림입니다. 내가 어떠한 행동이나 말을 할 때 나를 관찰할 수 있는 힘이 생긴다는 것은 인생을 살아가는 데 아주 큰 무기를 얻는 것과 같습니다. 그 이유는 나를 불편하게 만드는 감정이나 태도 혹은 습관을 고치는 데 도움을 줄 수 있기 때문이며, 이러한 훈련은 나를 더 자유롭게 만들어주기 때문이기도 합니다. 내가 나를 이해하는 데 큰 도움이 된다고 이해하시면 편할 것 같습니다.

이와 마찬가지 맥락으로 내 마음을 알아차리게 됩니다.

'어? 이 사람이 내 학벌을 가지고 이야기하니까 화가 나는구나.'

'어? 이 사람이 음식을 먹다가 자기 것만 챙기니까 짜증

이 좀 올라오네.'

'어? 오늘 모처럼 흰 옷을 입었는데 음식물이 튀어서 너무 화가 나네.'

별의별 이유로 내 감정이 건드려집니다. 남에게는 아무 문제가 되지 않는 것이 나에게는 역린이 될 수도 있고 나에게는 아무 문제도 되지 않는 상황이 다른 사람에게는 치명적인 약점이 되어 나를 욕되게 할 수도 있습니다.

잠시 역린에 대해서 이야기하자면, 이는 용에게 있는 비늘로서 모든 비늘이 가지런히 한 방향으로 나 있지만 목에 있는 하나의 비늘만 반대 방향으로 있어 역린이라 칭합니다. 이 역린을 건드리면 용이 크게 역정을 내고 불을 내뿜는다는 설화가 있습니다.

이는 참으로 재미있는 이야기인데 사람은 누구나 다 역린이 있습니다. 잘생긴 사람에게 "너 오늘 왜 이렇게 못생겼냐?" 이러면 아마 피식거리고 말 것입니다. 그런데 진짜 못생겨서 콤플렉스가 있는 사람에게 왜 이렇게 못생겼냐고 말하면 정말 역린을 건드리는 것이니 불을 내뿜으며 화를 낼지도 모릅니다. 대머리인 친구에게 머리 감을 일 없어서 좋겠다고 이야기해보십시오. 상대방의 역린을 건드려서 절대 좋을 것이 없습니다.

자, 이제는 나의 역린을 관찰해보아야 합니다. 저 역시 역린이 있습니다. 부끄럽지만 여기서 밝혀본다면 저는 아침에 곤히 자고 있는데 누가 깨우면 매우 신경질적으로 행동하는 편이었습니다. 물론 지금은 많이 좋아졌습니다만 예전에는 정말 내가 미친 것이 아닌가 싶을 정도로 잠을 잘 때 누가 저를 깨우는 게 그렇게 싫었습니다.

그래서 이것을 알아차린 이후에는 화가 치밀어 오를 때나 누가 나를 깨웠을 때 점차 침착하게 대응하는 훈련을 했습니다. 누가 아침에 깨우면 이따가 다시 자야지, 이렇게 생각하며 최대한 참는 훈련을 해서 지금은 거의 완치 단계에 이른 것 같습니다.

이런 식으로 나에게 불쾌한 감정을 유발하는 것들을 관찰할 줄 알아야 합니다. 그것은 때로는 화로, 때로는 짜증으로, 때로는 슬픈 감정으로 우리를 힘들게 합니다. 특히나 가까운 사이일수록 이런 일이 빈번하게 나타나는데, 가까우니까 상처를 입는 것이지 아무 사이도 아닌 먼 관계에서 그런

섭섭한 마음의 상처를 입을 수는 없는 법입니다.

그래서 우리는 알아차리고 관찰하는 힘을 길러야 합니다. 나에게 어떠한 현상이 일어났을 때 그것에 대한 나의 반응을 알아차리는 것입니다.

내가 이런 상황에 화가 나는구나.
내가 이런 상황에 말이 빨라지는구나.
내가 이런 상황에 긴장을 하는구나.

위와 같이 나란 사람의 감정이나 생각, 몸의 상태 등을 알아차리고 관찰하는 것은 너무나도 중요한 마음공부이자 수행의 첫걸음이 됩니다. 이 알아차림과 관찰이 가능해야만 다음 단계인 관점의 변화에까지 다다를 수가 있습니다.

관점의 변화

관점의 변화는 인생에 큰 전환점을 불러옵니다.

저는 기독교인이 아니고 성경 말씀도 잘 알지 못하지만 성경을 관통하는 메시지는 알고 있습니다. 바로 메타노이아라는 말입니다. 이 말뜻은 예전에는 '회개하라' 정도로 번역되었다고 합니다. 하지만 지금 번역서는 정확하게 '마음을 바꾸다'라고 옮기고 있다고 하는데 이는 '관점을 바꾸다'라는 뜻으로도 볼 수 있겠습니다.

도대체 관점을 변화시킨다는 것은 무슨 의미일까요? 이 말을 쉽게 풀이하자면 내가 세상을 내가 보고 싶은 대로 보고 있었음을 알라는 것입니다.

원효 대사의 해골바가지 물이 그러했습니다. 비를 피해 토굴에 들어가 잠을 청했는데 그곳은 알고 보니 비에 쓸려나간 무덤이었고, 밤새 너무 목이 말라 손을 더듬어보니 웬 바가지가 있었는데 물이 담겨 있어서 벌컥벌컥 시원하게 마셨지만 다음날 깨어 보니 해골바가지에 담겨 있던 썩은 물이었고 그 사실을 알자 구토가 올라왔다는 이야기입니다.

일상생활에서 우리는 이런저런 경험과 생각, 사회적 통념 등 우리의 생각과 사고를 막는 수많은 걸림돌들을 만납니다. 이것은 고정관념이 되기도 하며 때로는 좀처럼 변하지 않는 자기만의 징크스까지 만들어버립니다. 그리고 이러한 생각들은 나의 생각과 행동에 커다란 걸림돌이 되어 평생 그 장애물에 갇혀 사는 안타까운 현실을 맞곤 합니다.

세상의 모든 현상은 철저하게 자신의 주관이 투영된 자신의 관점일 뿐입니다. 내가 누군가를 보고 예쁘다고 말한다면 그것은 내가 지금까지 경험했던 여성 혹은 남성보다 예쁘다는 것이며 내 기준에서의 예쁨입니다. 내가 좋다고 말하는 것도 나만의 기준에서의 좋음이며 내가 나쁘다고 말하는 것도 나만의 기준에서의 나쁨입니다.

토끼는 빠른 동물인가요? 거북이에 비하면 빠르지만 치타에 비하면 느린 동물이겠지요?

백만 원은 큰돈인가요? 누군가에게는 큰돈이고 누군가에게는 푼돈일 수 있겠지요?

친구에게 "친구야, 나 한 장만 빌려줘"라고 말해보세요. 누구는 만 원, 누구는 십만 원, 누구는 백만 원, 또 누구는 1억을 빌려달라는 말로 생각할 것입니다.

이것이 관점이라는 것입니다. 그런데 이 관점이 참으로 요상한 것이 관점의 변화가 오기 전까지는 철저하게 자기중심적입니다.

A라는 한 친구가 B라는 친구를 매번 타박합니다. 왜 이렇게 게으르냐, 왜 이렇게 느리냐, 청소도 정리도 느리다, 손이 왜 이렇게 느려서 일을 이 모양으로 하느냐고 불만을 터뜨립니다. 이것은 자신의 관점입니다. 친구가 느려서가 아니라 자신이 빨라서 속이 터지는 거죠. 이것에 대한 자각이나 관점의 변화가 없다면 그건 지혜가 없는 것이나 마찬가지입니다. 이렇게 매번 싸우면 자기 손해입니다.

이런 케이스는 얼마든지 많습니다. 내가 주변에서 답답

해하는 사람들을 관찰해보세요. 과연 그게 그 친구의 잘못인지 말입니다. 곰곰이 생각해보면 자신의 관점이 만들어낸 답답함일 경우가 많습니다.

이러한 갈등은 연인 사이에서도 많이 나타납니다.

나는 이만큼 너를 사랑하는데 너는 왜 내가 사랑하는 만큼 날 사랑하지 않느냐는 관점.

내가 너에게 100을 주었는데 너는 왜 나에게 50밖에 주지 않느냐는 관점.

이러한 어리석은 사랑이 데이트 폭력을 넘어 구속과 집착 심지어 살인까지 저지르는 상황에 놓이게 합니다. 참으로 안타깝습니다. 나의 잘못된 관점이 돌이킬 수 없는 결과를 야기하는 것이죠.

내가 세상을 바라보는 눈과 남이 세상을 바라보는 눈은 완전히 다릅니다. 모두 다 자신의 가치 기준이 다르니까요. 내가 비싸게 주고 사는 보석이 남에게는 그냥 돌덩이에 지나지 않을 수 있고, 남들이 값비싸게 주고 사는 게임 아이템이 나에게는 아무 의미 없을 수도 있고, 누군가는 꽃 선물보다 현금으로 주는 게 더 낫다고 생각할 수도 있습니다.

그냥 다 자신의 관점일 뿐입니다. 이 색안경을 벗지 않는 이상 남을 이해할 수 없고, 더 나아가서는 관계 속에서 계속 어려움을 겪을 수밖에 없고, 관계의 어려움이 계속되면 인간은 절대 편안한 상태에 이를 수가 없습니다. 편안하지 않으니 늘 불안하고 두렵고, 이것은 나의 건강을 해치는 요인이 됩니다. 이 잘못된 관점 때문에 내 몸도 마음도 아파지는 것입니다.

관점 하나만 바뀌어도 세상을 바라보는 눈이 달라지며 관점 하나만 바뀌어도 삶 전체가 사실은 충만하고 완벽하다는 말을 이해하게 됩니다. 그 어떤 것도 부족함이 없는 완벽하고 완전한 것이라는 사실을 비로소 이해하게 됩니다. 이 관점의 변화야말로 마음공부의 입성이라고 볼 수 있습니다.

▼

3장
호흡

호흡의 중요성

몸 수련, 마음 수련과 함께 우리가 익혀야 하는 중요한 부분이 바로 호흡을 잘하는 법입니다.

우리는 죽을 때까지 호흡을 합니다. 호흡이 떨어지면 죽는 것이지요. 저 역시 서른 살 즈음 인도에 가서 호흡을 배우기 전까지는 호흡은 그저 마시고 뱉고 자동으로 이루어지는 것, 그리고 깊게 호흡하면 운동에 조금 도움이 되는 정도로만 어렴풋이 생각하고 살았던 것 같습니다.

그러나 이 호흡은 공부를 하면 할수록 심오하고 깊이 있는 분야이며 내 인생에서 호흡보다 더 커다랗고 중요한 부분이 없다는 것을 깨닫게 되었습니다.

호흡은 우리의 생명과 직결되는 것입니다. 일도 건강도 사랑도 돈도 명예도 권력도 그 무엇도 호흡보다 위에 설 수가 없습니다. 그렇다면 답은 하나입니다. 호흡을 잘해야 합니다.

알게 모르게 우리는 호흡에 관련된 언어를 많이 쓰고 있습니다. 영화 관련 일을 하시는 분들은 한 호흡에 찍었다, 스탭들과 호흡이 좋았다, 라는 말을 합니다. 바둑을 두는 분들은 긴 호흡을 통해 좋은 수가 나왔다고 합니다. 운동선수들도 호흡이 딸려서 졌다 혹은 한 호흡에 승패가 갈렸다고 하는 등 우리는 수도 없이 이 호흡을 이야기합니다.

좋은 호흡과 나쁜 호흡을 우리는 단번에 알 수 있습니다. 배꼽이 빠질 듯 배를 잡고 뒹굴며 웃을 때 아이고 배야 너무 웃기다 하하하 하고 배를 강하게 강타하는 호흡이 좋은 호흡이며, 가슴을 치며 아이고 슬프다 속상하다 말하며 가슴을 맴도는 호흡은 안 좋은 호흡이자 슬픈 호흡입니다.

일소일소일노일로—笑—少 —怒—老라 하였습니다. 한 번 웃으면 한 번 젊어지고 한 번 화내면 한 번 늙는다는 말입니다.

좋은 호흡은 복식 호흡입니다. 복식 호흡이란 호흡을 할 때 깊이 들이마신 숨이 배까지 내려가 횡격막을 다 사용해서 배가 불룩해지는 호흡을 말합니다. 실제로 호흡이 깊은 사람들, 배가 불룩해지는 호흡을 하는 사람들은 호흡할 때 어깨의 떨림이 없습니다.

독자분들도 지금 한번 깊게 심호흡을 해보시길 바랍니다. 숨을 깊게 들이마시면 어깨가 으쓱하고 올라가는 걸 느끼실 겁니다. 호흡을 할 때 호흡을 위해 사용하는 근육이 발달되지 않거나 훈련이 되지 않은 분들은 어깨 근육을 많이 가져다 사용하게 되는데 이는 어깨의 피로도를 높입니다.

그런데 재미있는 것은 수련이나 훈련을 오래해온 분들은 깊은 호흡 속에서도 몸이 흔들리지 않고 어깨도 들썩이지 않는다는 것입니다.

더욱 재미있는 것은 어떤 종목이든 소위 말하는 톱클래스의 선수들은 하나같이 호흡이 깊고 편하다는 것입니다. 축구 선수를 예로 들자면 상대방 선수보다 내가 호흡이 길어야 볼을 지키거나 빼앗을 수 있습니다.

격투기 선수는 말할 것도 없습니다. 링 위에서 두 주먹으로 상대를 KO시키기 위해 쉴 새 없이 움직이는 복싱 선수를 보면 결국 이 호흡의 차이가 후반부로 갈수록 승패를 결정짓는 중요한 요소가 된다는 것을 알 수 있습니다. 누군가는 한 호흡에 주먹을 네 번 내는데 한 선수는 한 호흡에 세 번의 주먹을 낸다면 이는 실로 어마어마한 차이를 가져오게 됩니다. 숨 한 번에 한 대씩 더 때릴 수 있거나 더 맞아야 한다면 승패는 불보듯 뻔하겠죠.

이제 막 호흡법에 입문한 분이라면 좋은 호흡이란 복식호흡, 배 전체를 다 사용하는 깊고 긴 호흡 정도로 이해하시면 될 것 같습니다.

이와는 반대로 나쁜 호흡은 짧은 호흡입니다.

현장에서 여러분을 마주하며 운동을 가르치는 트레이너로 생활하고 있는 저는 바쁜 현대인들, 점점 짧은 영상과 자극적인 영상에 노출되어 집중력이 떨어지는 현대인들을 보고 있자면 호흡 또한 점점 짧아지고 있음을 느낍니다.

요즘 젊은 세대들은 한두 시간짜리 영화에 집중을 잘하지 못하며 두 시간짜리 영화도 길어서 15분에 정리되는 유튜브 요약 영상을 본다고 합니다. 그리고 이제는 이것마저 영상도 길다고 느껴져서 15초짜리 쇼츠를 보는 시대입니다. 대형 스크린보다 내 손에 들어오는 휴대폰 화면이 더 편하다고 느끼는 세대입니다.

안타깝게도 이런 시대적 풍조는 사람의 호흡을 더욱더 짧게 만들고 있습니다. 몸을 쓰는 일은 적어지고 머리로만 이해하고 해결하려다 보니 자연스레 체력이 약해지고 신체 활동 역시 줄어드는 안타까운 현실입니다.

이러한 상황에서는 깊은 호흡은커녕 제대로 된 호흡 또한 힘이 듭니다. 그러다 보니 호흡을 할 때 숨은 쉬고 싶은데 답답하고 호흡은 딸리고, 이런 악순환이 반복되다 보면 어깨를 들썩이며 숨을 쉬고 더 나아가 어깨가 앞으로 기울어지고 코로 숨 쉬는 것이 답답하니 입을 벌려 입으로도 숨을 쉽니다. 상황이 이 정도 되면 얼굴 형태까지 변하기도 하는 것입니다.

또한 호흡은 인간의 자세에도 커다란 영향을 주는데, 보통 안 좋은 호흡은 얼굴의 비대칭을 유발해서 부정교합을 일으키기도 하지만 삐뚤어진 자세로 인한 척추측만증으로까지 이어지는 경우도 많습니다.

좋은 자세에서 좋은 태도가 나오는 것은 어찌 보면 당연한 이야기입니다. 어깨와 가슴이 펴진 자세는 당당함과 자신감이 나오는 자세이지만, 허리가 구부정하고 어깨가 앞으로 말려 있으면 태도 또한 소극적이고 위축될 수밖에 없겠죠.

이렇듯 호흡이라는 것은 그냥 저절로 마시고 뱉어지는 단순한 행위가 아닙니다. 정말 잘 배워서 죽을 때까지 잘 사용해야 하는 중요한 행위이며, 더 나아가 제대로 배우고 익힌 호흡법은 인생 전체를 관통하는 중요한 열쇠가 됩니다.

▼

호흡과 감정

이 책에서 제가 다루고자 하는 것은 초보자들을 위한 운동과 마음 수련 그리고 호흡법의 입문 내용입니다.

추후에 독자분들이 깊이 있게 호흡을 다루다 보면 흉식 호흡에서 복식 호흡으로 그리고 복식 호흡에서 단전 호흡으로 또한 단전 호흡에서 뇌 호흡까지 다양한 단계의 호흡법이 있다는 것을 알게 될 것입니다. 그리고 내 몸에는 숨이 다니는 숨골이 있다는 것을 느끼거나 배우실 수 있습니다. 이러한 호흡 훈련법을 동양에서는 보통 '단학'이라 이야기하고 인도에서는 '차크라 훈련'이라고 명명합니다.

우리의 몸을 관찰해보고 몸 공부와 마음공부를 꾸준히 하시다 보면 마침내 깨닫고 느끼게 되는 사실이 있는데 바로 우리의 감정은 우리의 몸이 만든다는 점입니다. 그중에서도 호흡과 감정은 떼려야 뗄 수 없이 연결되어 있음을 알게 됩니다.

아주 쉬운 예로 직장인들이 담배를 피우는 이유를 떠올려보면 좋을 것 같습니다. 몇 시간씩 일을 하다가 동료들과 우르르 몰려가거나 혹은 혼자 나가 담배를 피우는 모습을 상상 해보십시오. 흡연자들은 5분 동안 담배 연기를 깊이 들이마셨다가 길게 내뿜습니다. 아주 짧은 몇 분 동안 이어지는 이러한 행위는 몸을 극도로 편안하게 만들어줍니다. 이렇게 편해진 몸은 마음에 그만큼의 여유, 그만큼의 공간을 허락합니다. 담배를 피우는 것 자체가 내 마음에 어떠한 공간을 만들어준다고 생각하시면 이해하기 쉬울 것입니다.

그런데 우리가 담배를 피우는 것과 같은 깊은 호흡을 매번 할 수 있다면 우리의 삶이 어떻게 변할까 생각해보세요. 평상시에도 계속해서 깊은 호흡을 해보는 겁니다. 생각처럼 쉬운 것은 아니지만 불가능한 일 또한 아닙니다.

이처럼 짧은 몇 분간 담배를 피우는 것만으로도 편안하고 차분한 상태가 되는데, 이는 심리적인 요인 이전에 깊은 호흡으로 인한 몸의 상태가 그러한 심리 상태를 만들기 때문입니다.

우리가 팔이나 다리, 어깨 등은 내 마음대로 움직일 수 있지만 심장아 멈춰라, 위 대장 직장 잠시 멈춰, 이렇게 컨트롤할 수는 없지요. 그런데 이를 가능케 하는 것이 바로 호흡입니다.

두려움 혹은 공포라는 감정을 예로 들어보자면, 공포 영화를 볼 때라든지 무섭거나 두려운 상황에 놓였을 때 우리의 몸은 심장이 빠르게 뛰고 식은땀이 나고 머리카락이 쭈뼛 서고 등골이 오싹해질 것입니다. 두려움이라는 감정이 일기 전에 내 몸이 먼저 위험 신호를 인지하고 반응을 보이는 것입니다.

반대되는 감정도 마찬가지입니다. 사랑하는 사람을 보았을 때 역시 내 몸은 좋은 의미의 신체 신호를 보내는데 이때도 역시 심장이 뛴다든지 말이 빨라진다든지 손발에 땀이 난다든지 등 몸이 먼저 반응하고 어떠한 감정을 만들어냅니다.

감정이 발현되기 이전에 신체가 워낙 짧은 순간에 반응하기 때문에 예민하거나 관찰하는 힘이 숙달되지 않은 사람일 경우 그냥 감정이 바로 튀어나오는 것이라고 착각할 수 있겠죠. 하지만 사실은 몸이 먼저 반응을 하고 감정이 나오는 것입니다.

이때 이 감정을 컨트롤하는 것이 바로 호흡입니다.

사람은 누구나 다 긴장하는 포인트가 있습니다. 예를 들어 많은 사람들 앞에서 발표를 해야 하는 상황, 인생에 중요한 시험을 치러야 하는 경우 혹은 소개팅에서 마음에 드는 이성을 만났을 때 긴장을 하거나 몸이 경직되는 경험을 살면서 해보셨을 겁니다.

만약 중요한 시험을 앞두고 몸이 경직되고 호흡이 가빠지고 심장이 미친 듯이 두근거린다면 시험을 잘 볼 수 있을까요? 정말 마음에 드는 이성을 만났는데 계속해서 땀이 주르륵 흐르고 상대방 이야기가 잘 들리지 않고 긴장해서 말이 계속 꼬인다면 그 이성과 좋은 관계로 이어질 수 있을까요? 이러한 신체 반응을 아주 편안하게, 평상시처럼 평온하게 만들 수 있는 방법이 바로 호흡인 것입니다.

실제로 저는 호흡법을 배운 뒤로 긴장감이나 압박감을 느끼지 않는 편입니다. 그런 상황이 다가오면 오히려 더욱 편안한 호흡을 유지하면서 내가 준비한 것 혹은 원하는 방향으로 부드럽게 분위기를 이끌 수 있는 거죠. 이런 사람들을 보고 무대 체질이다, 긴장을 하지 않는다고 말하기도 하는데 사실은 엄청 편안하게 호흡을 하고 있는 것뿐입니다.

제가 좋아하는 영화배우의 연기를 보고 있자면 연기에 힘이 하나도 들어가지 않은 채 말 그대로 자연스럽게 연기하고, 가수 역시 말하듯 노래를 부르는 모습을 볼 수 있습니다. 이는 다른 부분도 숙련되어 있어서겠지만 무엇보다 호흡하는 법이 매우 숙련되어 있다고 볼 수 있습니다.

호흡은 내 몸의 중요한 장기들을 컨트롤합니다. 이것이 편안하게 되면 나의 감정이나 행동에 어떠한 제약을 걸지 않고 이는 곧 좋은 퍼포먼스로 이어지는 법입니다.

또한 마음에 여유가 생기고 생각할 수 있는 시간적, 물리적 공간도 마련해주기 때문에 만약 어떠한 상황에 트라우마나 두려움 혹은 긴장감이 연출된다면 이는 호흡법으로 천천히 좋게 만들 수 있습니다.

어렸을 때 개에 물렸던 트라우마 때문에 이후 개와 비슷한 형체, 이를테면 인형 같은 것을 보거나 개 짖는 소리를 듣기만 해도 두려워하는 사람이 있습니다. 극도로 긴장하거나 스트레스에 노출될 경우 사람은 호흡이 엄청나게 가빠지거나 무호흡 상황에 이르게 되고 이것이 심해지면 공황 발작이 올 수도 있습니다. 이런 사람들은 심리 치료나 행동 인지 치료와 더불어 호흡을 편안하게 해주는 호흡법을 같이 익힌다면 더욱 효과적으로 두려움을 극복할 수 있을 것입니다.

나의 몸에 나타나는 수많은 감정들은 호흡으로 다스려야 합니다. 인간이라면 당연히 감정이 생깁니다. 감정이 없다면 사람이 아니지요. 하지만 자라 보고 놀란 가슴 솥뚜껑 보고 놀랄 필요가 있나요? 오늘 아침에 뱀을 보았다고 밧줄이 뱀인 줄 알고 깜짝 놀라며 식은땀을 흘릴 이유가 있나요? 설사 내가 길을 가다 뱀을 만났다고 하더라도 호흡을 편안하게 할 줄 아는 사람은 그렇지 못한 사람보다는 긴장을 훨씬 덜할 수 있습니다.

이러한 훈련은 삶을 조금 더 편안하고 안정적으로 사는 데 매우 큰 도움을 줄 수 있고 쓸데없는 곳에 에너지가 낭비되는 것을 줄일 수 있습니다.

명상을 배우는 이유

제가 인도에 가서 명상과 호흡법을 배울 때 놀랐던 부분 중 하나는 그저 마시고 뱉는 단순한 호흡뿐 아니라 수많은 종류의 호흡법이 전해져 내려온다는 점이었습니다. 추측건대 아마 더운 나라의 특성일 수도 있고, 영토가 넓고 인구가 엄청난 만큼 다양한 철학자나 성인, 혹은 괴짜가 공존하는 사회 구조 때문이 아니었을까 생각해봅니다. 실제로 인도에서는 거지들조차 커다란 나무 그늘에 앉아서 꾸벅꾸벅 조는 모습이 마치 도인 같아 보이기도 했습니다.

사람들은 평생 수많은 공부를 합니다. 초등학교부터 대학교, 더 나아가서는 석사, 박사까지 수많은 학문의 단계가 있지만 정작 가장 중요한 몸과 마음을 다루는 법은 학교에서 배운 적이 없습니다. 감사하게도 트레이너라는 직업을 가진 저로서는 그 궁금증이 스스로 해결이 되지 않아 참 많은 곳을 여행하며 많은 수행자들을 만난 것이 큰 행운이 아니었나 생각해봅니다.

명상을 영어로는 meditation이라고 하는데 요즘은 mindfulness, 즉 '마음챙김'이라는 용어를 많이 쓰는 추세입니다. 명상이 되었든 선정禪定이 되었든 멍 때리는 훈련이 되었든, 마음을 고요히 하는 훈련에는 이유가 있습니다. 바로 집중력을 향상시키고 몰입의 과정을 만들어 마침내 삼매三昧에 들어 내가 사라지게 하는 경험을 체득하기 위함이라고 저는 생각합니다.

이는 마치 태양이 내뿜는 엄청난 에너지를 돋보기로 하나로 응축해 모으는 과정이라고 보면 이해하기 쉬울 것입니다. 같은 일도 시간과 공간, 더 나아가 나 자신마저 잊은 채 수행하면 훨씬 더 수월하게 할 수 있는 것과 같은 이치라고 생각하시면 됩니다.

재미있는 질문을 하나 해보겠습니다.

서울에서 부산까지 가장 빨리 가는 방법이 무엇일까요? 단 한 가지 정답이 있는 게 아니라 다양한 방법이 나올 수 있습니다.

1번 버스에서 잔다. 이유는 자고 일어나면 부산에 도착해 있을 테니까.

2번 재미있는 영화나 드라마를 본다. 이유는 재미있게 다 보고 나면 부산에 도착해 있을 테니까.

3번 사랑하는 애인과 함께 간다. 이유는 서로 웃고 떠들다 보면 부산에 도착해 있을 테니까.

대략 이런 방법들이 서울에서 부산까지 빨리 도달하게 만드는 방법입니다.

이쯤 되면 눈치채셔야 하는데 세상 모든 일을 이렇게 할 수 있다면 얼마나 즐거울까요? 매달 월급을 받으러 출근해야 한다면 괴롭고 고통스러울 수 있겠지만 내가 정말 그 일이 즐겁고 재미있다면 하루가 얼마나 짧겠습니까? 어떠한 과제가 주어졌을 때 그 일에 집중하고 몰입해서 할 수 있다면 얼마나 빠르게 처리될까요?

이러한 일을 가능하게 해주는 것이 저는 명상이라고 생

각합니다. 내가 마음을 고요하게 해서 어느 한곳에 집중할 수 있는 힘이 강한 사람은 어떠한 일이든 능히 쉽게 해낼 수 있습니다. 이는 마치 달리기를 잘하는 사람이 수영도 금방 배우는 것이라 할 수도 있고, 영어를 잘하는 친구가 일본어도 빨리 배우더라 같은 감각이기도 합니다.

주변 친구들 중에 집중을 잘하는 친구를 떠올려보시면 쉽습니다. 천재이거나 노력을 잘하거나 어떠한 특별한 재능이 있기보단 정말 집중력이 놀랍도록 좋은 사람들이 있는데 이러한 사람들은 똑같은 한 시간도 다르게 사용하는 능력이 있습니다.

똑같이 한 시간을 주고 나무를 베어 오라고 해도 시간을 효율적으로 쓰고 에너지 분배를 잘하는 사람들은 남들보다 더 많은 나무를 베어 올 수 있는 법입니다.

이러한 삶을 가능하게 해주는 것이 명상입니다.

삶에 불필요한 에너지를 버리고 내가 좋아하는 것, 원하는 것을 명확하게 읽고 현재 시간에 온전하게 머물며 한 가지에 몰두하는 힘이 강한 사람들. 저는 이 책을 읽는 독자님들이 이 힘을 기르셨으면 좋겠습니다.

저 역시 이 힘이 생긴 후로 삶은 더 이상 고통이 아닌 축제라고 믿고 있습니다.

현존의 힘

독자분들은 지금 이 순간을 온전히 즐기고 계십니까?

독자분들은 지금 이 순간에 온전히 머물고 계시나요?

많은 사람들이 밥을 먹으면서 스마트폰을 봅니다. 커피를 마시면서도 통화를 하거나 만지작거립니다. 심지어 운동을 하면서도 휴대전화에 자꾸만 손이 갑니다.

저는 번잡한 삶을 싫어합니다. 최대한 청빈하고 깔끔하고 고요한 것을 추구하는 편입니다.

저는 한겨울에도 한두 벌의 바지만 고집해서 입습니다. 점퍼도 두꺼운 이불 같은 롱패딩만 입곤 합니다. 보다 못한 주변 친구들이 또 교복 입었냐고 놀릴 정도입니다. 그만큼 타인의 시선에 신경 쓰지 않고 내가 집중해야 할 것에만 집중하며 삽니다.

저는 사람들이 이런저런 고통을 받는 이유는 현존하는 힘이 강하지 못해서라고 생각합니다. 내 마음이 고통스러운 이유를 잘 살펴봅시다. 생각이 과거에 머물면 후회나 슬픔이 생깁니다. 그때 내가 왜 그랬지 혹은 나한테 왜 이런 일이 생겼지 등등 과거에 계속 매여 있는 것이 그 이유입니다.

혹은 생각이 미래에 머무르기 때문이기도 합니다. 일어나지 않은 미래에 두려움을 느낍니다. 내일 시험 망치면 어떻게 하지, 내일 발표를 잘할 수 있을까, 내일 미팅 잘못되면 어떻게 하지 등등, 끊임없이 생각이 과거와 미래에 가 있어서 자신을 괴롭힙니다.

과거는 이미 지나간 일입니다. 미래는 아직 일어나지 않은 일이고요. 지금 나는 무엇을 생각하고 무엇을 해야 하나요? 지금 당장 내가 할 수 있는 일을 해야 합니다.

밥을 먹을 때는 그 음식을 음미하며 꼭꼭 씹어 먹어야 합니다. 커피를 마신다면 그 커피 맛을 온전히 느껴보고, 지금 내 앞에 사랑하는 사람 혹은 친구, 회사 동료가 있다면 그들에게 최선을 다해야 합니다.

제가 여행을 하며 만난 행복한 사람들은 모두 현존하는 힘이 강한 사람들이었습니다. 이렇듯 현존하는 힘이 강한 사람은 시장에서 국수 한 그릇을 팔아도 어찌나 주변 사람들을 행복하게 해주고 기쁘게 해주는지 그 에너지가 어마어마했습니다. 이유는 너무나 간단합니다. 그의 마음과 정신이 바로 이곳에 있으니 그 에너지가 강렬하겠지요.

생각이 그리고 마음이 다른 곳에 가 있는 사람은 그 사람 자체도 힘이 없지만 함께하고 싶은 마음도 들지 않습니다. 처음 만난 사람도 나에게 집중을 해주면 그렇게 반가울 수가 없습니다. 현존하는 사람들은 에너지 레벨부터가 매우 다른 존재들입니다.

생각과 마음 그리고 행동과 태도, 지금 내 눈앞에 펼쳐지는 모든 것이 처음이자 마지막입니다. 그리고 사실 내가 컨트롤 가능한 일 또한 지금 내 눈앞에 펼쳐지는 것 외에 내가 할 수 있는 것은 없습니다.

지금 내 눈앞에 펼쳐진 세상 말고 그 어느 곳에도 새로운 세상은 없습니다.

과거와 미래에 머물지 말고 지금 이 순간 현존한다면 삶을 살아가는 힘이 점점 강해지는 것을 느낄 수 있을 것입니다.

▼

호흡 훈련

몸 수련과 마음 수련을 꾸준히 해냈다면 이제 비로소 호흡이 보이실 겁입니다.

순서가 중요한 것은 아니지만 몸과 마음에 관심을 갖다 보면 자연스레 호흡으로 연결이 됩니다. 내 몸의 장기들은 각각의 감각기관과 연결되어 있고 이 감각기관들은 어떠한 감정을 유발하며 내 호흡에 영향을 받기 때문입니다.

이제 여러분들이 간단하게 따라할 수 있는 호흡법을 소개해드릴까 합니다.

이 책은 초보자를 위한 입문서입니다. 깊이 있는 수업이나 내용을 원하시는 분들은 눈 밝은 스승을 찾아 여행을 떠나

시거나 본인과 인연이 닿는 분과 재미있는 여정을 떠나시길 진심으로 소원합니다.

우선 앞에서 설명해드린 대로 호흡은 흉식 호흡에서 복식 호흡으로 그리고 단전 호흡에서 뇌 호흡으로 이어집니다.

내 몸에 감각들이 모두 깨어나 깊은 호흡을 하는 단계까지 가면 면역력이나 체력이 매우 좋아지는데, 저 역시 이것을 익힌 서른 살 이후로 잔병치레 없이 건강이 매우 좋아지는 경험을 했습니다.

일반인들이 당장 편하게 사용할 수 있는 초급 방법을 알려드릴 테니 천천히 따라해보시면 좋겠습니다.

우선 호흡의 길이를 늘이는 연습을 해보세요.

자신의 호흡의 길이를 재보시길 바랍니다. 보통의 사람들은 들숨과 날숨의 길이가 길어봐야 4~5초를 넘기지 않습니다. 아마도 마시는 데 2초, 뱉는 데 2초 정도 걸릴 것입니다. 아주 슬픈 사실은 코로나 이후로는 이마저도 더 짧아졌다는 것입니다.

코로나 이후로 충격적인 뉴스가 자주 들려오곤 합니다. 묻지 마 살인 사건이나 일면식도 없는 사람들에게 무차별적인 폭행을 저지르는 일, 쉽게 자신의 분노를 분출하는 일이 많아졌습니다.

저는 그 이유를 사람들의 호흡이 많이 짧아졌기 때문으로 해석합니다. 안 그래도 흉식 호흡을 하는 짧은 호흡이 마스크를 착용함에 따라 더욱더 짧아지고 사람의 숨이 옥죄어진 결과물 중 하나가 아닐까 생각합니다.

더 나아가 어린아이들은 마스크를 계속 착용함으로써 상대방의 표정 읽는 법을 배우지 못했고, 이는 타인에게 공감하거나 이해하는 능력까지 많이 떨어뜨리는 결과 또한 가져왔다고 생각하고 있습니다.

저는 코로나로 인해 사람들이 사망하는 것도 슬픈 일이지만, 안 그래도 짧은 사람들의 호흡이 더욱더 짧아져 생각과 사유, 사고가 더욱 짧아지고 안 좋은 행동과 결과를 가져오는 악순환이 나타난 것이 더욱 슬픈 일이라고 생각하는 사람 중 한 명입니다.

호흡이 짧아지면 좋은 생각과 좋은 태도가 나오기 힘듭니다. 우선 호흡의 길이를 늘이는 연습을 하셔야 합니다. 시간은 언제든 좋습니다. 출퇴근 시간에 하셔도 좋고 점심시간에 틈을 내셔도 좋고 아침에 일어나서나 자기 전에 하셔도 좋습니다.

물론 항상 같은 시간을 정해놓고 하신다면 더 좋습니다. 무엇보다 중요한 것은 호흡의 길이를 늘이기 위해 매일 훈련하는 자세입니다.

1. 호흡의 길이 늘이기

편안한 자세로 앉거나 누우셔도 됩니다. 내가 호흡하는 통로가 굽어지지 않고 쭉 펴질 수 있도록 편안하게 앉거나 누워 구부정한 자세가 아닌 곧고 바른 자세를 만들어주세요.

최대한 어깨가 들썩이지 않게 배꼽이 불룩하게 올라올 수 있게 숨을 들이마신 후 배꼽이 다시 등으로 달라붙는 느낌을 만들며 호흡을 뱉어주세요. 이때 평상시보다 아주 조금씩 호흡의 길이를 늘인다는 느낌으로 숨을 쉬어주시는 게 중요합니다. 이때 이 감각을 만들기 어렵다면 오른손이나 왼손 중 편한 손을 배꼽 밑에 올리고 손이 올라갔다가 내려가는 느낌을 유지하며 그에 맞춰 호흡을 해주시면 됩니다.

처음 시작하는 분들은 1~2분을 유지하는 것도 매우 어렵습니다. 몇 번만 해도 땀이 비 오듯 나는 분들도 있습니다. 호흡이란 것이 원래 매우 힘든 운동입니다. 이 훈련을 계속하여 확실하게 어깨의 움직임이 적어지고 배가 불룩거리며 조금 더 깊은 호흡을 할 수 있게 된다면 다음 단계로 넘어가주시기 바랍니다.

2. 가늘고 길게 호흡하기

호흡의 길이가 조금씩 길어지게 되면 다음으로 할 훈련은 호흡을 가늘고 길게 하는 것입니다. 나의 코에 깃털이 붙어 있다고 상상하고 이 깃털이 날아가거나 움직이지 않을 정도로 호흡하세요. 옆에 있는 사람이 내가 호흡하는지도 모르게 숨을 쉬어봅니다.

실제로 운동을 잘하는 사람들을 관찰해보면 호흡이 편합니다. 그리고 호흡과 동작이 일치합니다. 마찬가지로 우리가 가늘고 길게 호흡을 할 수 있다면 이 정도 수준만 되어도 쉽사리 감정에 휘둘리지 않게 되실 겁니다.

호흡을 길게 하는 것도 쉽지 않지만 가늘고 길게 하는 것은 더욱 어렵습니다. 이 방법도 시간과 장소를 가리지 말고 연습하시면 좋습니다.

호흡이 길어지면 길어질수록, 가늘고 길게 내쉬면 내쉴수록 내 몸에 좋은 변화들이 생길 것입니다. 우선 몸이 매우 편안해집니다. 최대한 코에 붙어 있는 깃털이 날아가지 않게 호흡하세요. 물론 상상 속의 깃털이지만 그렇게 그림을 그리며 호흡하시면 편합니다.

3. 호흡 참기

저는 제게 퍼스널 트레이닝을 받는 회원분들에게 이렇게 이야기합니다. 숨을 잘 들이마시는 건 기술이지만 마신 숨을 잘 사용하는 것은 예술의 영역이라고요. 이 말을 어디서 들어보신 것 같다고요? '돈을 잘 버는 건 기술이지만 돈을 잘 쓰는 건 예술이다'라는 말에서 따왔습니다.

저는 초등학교 때부터 유도를 해왔고 부전공으로 복싱을 해서 크고 작은 시합을 여러 번 뛰봤습니다. 여러 시합을 경험하며 느낀 점은 숨을 잘 마시고 그 숨을 잘 써서 경기를 풀어나가야 된다는 것이었습니다.

이는 마치 돈을 버는 것과도 같고 작은 가게를 운영하는 원리와도 같습니다. 호흡을 할 때 우리 몸을 잘 살펴보면 숨을 마시고 뱉는 과정 그 사이에 잠깐의 멈춤 구간이 발생합니다. 이 구간을 잘 활용하는 것이 호흡의 관건입니다. 이는 마치 돈을 잘 벌어서 종잣돈을 만들고 그 종잣돈을 굴려 큰돈을 만드는 것과 같은 이치라고 생각하셔도 좋습니다.

어떤 종목의 선수든 폭발적인 힘이 나오는 과정은 호흡을 모았다 터트리는 것과 다르지 않습니다. 때로는 강하게 때로는 상대가 눈치 못 채게 예술적으로 호흡을 사용해야 좋은 퍼포먼스가 나옵니다. 마찬가지 이유로 호흡을 참는 연습을 해야 합니다.

여기서 중요하고 재미있는 방법을 알려드리려 하는데, 여러분도 친구들과 함께 물속에 들어가 숨 오래 참기 시합 같은 것을 해보셨을 겁니다. 이때 보통은 숨을 있는 대로 들이마신 후 물에 들어가 숨을 참는데, 제가 알려드리는 숨 참기 호흡법은 숨을 다 내 뱉은 후 숨을 참는 연습을 하시라는 겁니다. 이는 돈이 많을 때 안 쓰고 모아두기만 하는 게 아니라 돈이 하나도 없을 때 오히려 버티라는 이야기로 이해하시면 쉬울 것 같습니다.

내 몸속에 있는 산소를 모두 뱉어낸 후 배가 홀쭉해져 있는 상태에서 숨을 참아보세요. 그런 다음 다시 숨을 쉬려고 하면 엄청 힘들기도 힘들지만 다시 숨을 마실 때 큰 소리가 나거나 엄청나게 숨을 많이 마시게 될 것입니다. 이때 또한 천천히 숨을 마시는 연습을 하셔야 합니다. 이 트레이닝은 매우 어렵고 처음에는 힘든 과정에 속합니다.

위의 세 가지 트레이닝만 꾸준히 하셔도 육체적인 부분과 정신적인 부분이 많이 좋아지는 경험을 하실 수 있습니다. 물론 꾸준히 하셔야 합니다.

헬스장에 하루 이틀 가놓고 왜 내 몸은 아직도 이렇게 비루하냐고 말하면 안 되듯, 호흡 훈련도 하루 이틀 해보고 '에이, 별거 없네'라고 생각하시면 안 됩니다. 몸을 만드는 데 수개월의 노력이 필요하듯 편안한 호흡을 내 것으로 만들기 위해서도 수개월의 노력이 필요합니다.

건강한 인생은 진정한 축제

몸 수련, 마음 수련, 호흡 수련이라는 주제로 누구나 쉽게 접근할 수 있는 가벼운 수련 핸드북을 만들고자 펜을 들었습니다.

이제 마흔이 조금 넘은 저는 20대 때부터 지금까지 수많은 사람들에게 운동을 가르쳤고 그 과정에서 저 또한 배우고 깨달은 부분이 많습니다.

누군가에게 운동을 가르친다는 것은 정말 즐겁고 행복한 일이며 큰 보람이 되는 일이었습니다. 무엇보다 이런저런 이유로 저를 찾는 회원분들에게 제가 아주 작은 힘이라도 될 때 정말 살아 있는 큰 기쁨을 느꼈습니다.

언제부터인가 회원분들로부터 왜 유튜브를 개설하지 않느냐, 왜 책을 쓰지 않느냐, 관장님 프로그램이 좋은데 왜 더 적극적으로 홍보를 하지 않느냐라는 소리를 심심치 않게 듣게 되었습니다. 그때는 사실 누구 앞에 나서서 적극적으로 떠들고 싶은 마음이 없었습니다. 아직은 덜 익은 열매라는 생각이 분명히 있었기 때문입니다.

그러던 어느 날 체육관 청소를 하다가 뒤쪽 문 앞에 놓인 아령을 못 보고 발을 세게 부딪혀 악! 소리를 냈던 적이 있습니다. 예전의 저 같았으면 큰 소리와 함께 누가 문 앞에 아령을 놓았느냐, 왜 이걸 못 봐서 이렇게 발이 까졌냐, 다리가 아프네 어쩌네 할 수도 있었을 겁니다.

그런데 그 순간 제가 '어라? 내가 지금 숨을 안 쉬네' 하는 생각과 함께 깊게 천천히 호흡하며 상황을 내려놓는 것이 아니겠습니까. 순간의 고통을 호흡으로 돌리는 내 모습을 보고 '아, 이제는 사람들 앞에 나가서 좀 떠들어도 되겠구나' 싶었습니다. 그때부터 책을 쓰기 시작했고 소소한 강의부터 기업 강의까지 하게 되었습니다.

많은 분들이 제 이야기에 공감해주셨고 운동을 평생 해

온 사람의 이야기라서인지 신기하게 그리고 색다르게 들어주시는 것 같았습니다. 진심으로 감사하고 또 감사할 따름입니다. 매일 하루도 빠짐없이 운동하며 늘 감사의 기도를 합니다.

제가 독자분들에게 자신 있게 할 수 있는 이야기는 인생은 정말 축제라는 말입니다. 똥밭에서 굴러도 확실히 이승이 더 낫습니다.

하루하루 살아가는 것이 고통일 필요는 없습니다. 만족스럽고 행복하고 사랑스러운 하루를 보내려면 우선 건강해야 합니다. 그리고 마음도 튼튼해야 하고 호흡이 편해야 합니다. 그뿐입니다.

어차피 인생은 빈손으로 와서 빈손으로 갑니다. 독자분들도 재미있게 건강하게 잘 놀다 가시길 진심으로 바랍니다. 죽을 때 가지고 가는 건 돈이 아니라 좋은 추억과 사랑했던 기억뿐입니다.

우리 모두에게는 하루하루 행복하게 즐겁게 살 권리가 있습니다. 오늘 눈 떴을 때 만나는 모든 분들에게 친절하시길 바라며 좋은 추억 많이 만드셨으면 좋겠습니다.

많은 성자들이 인생은 고통이라고 말한 이유를 곰곰이 생각해보셨으면 합니다. 그 말은 사실 인생은 축제라는 말과 똑같은 말입니다. 세상을 바라보는 관점을 비틀어보면 세상 천지에 즐거운 일뿐입니다.

독자 여러분에게 건강한 몸, 건강한 마음이 늘 함께하기를 진심으로 소원합니다.

탕탕문고

몸 수련 마음 수련

© 유재훈 2024

1판 1쇄 인쇄 2024년 6월 10일
1판 1쇄 발행 2024년 6월 21일

지은이 유재훈
펴낸이 황상욱

편집 이은현 박성미 임선영 | **디자인** 박선향
마케팅 윤해승 장동철 윤두열 양준철 | **경영지원** 황지욱
제작처 한영문화사

펴낸곳 ㈜휴먼큐브 | **출판등록** 2015년 7월 24일 제406-2015-000096호
주소 03997 서울시 마포구 월드컵로14길 61 2층
문의전화 02-2039-9462(편집) 02-2039-9463(마케팅) 02-2039-9460(팩스)
전자우편 yun@humancube.kr

ISBN 979-11-6538-397-8 (04810)
　　　　979-11-6538-377-0 (세트)

- 이 책의 판권은 지은이와 휴먼큐브에 있습니다.
- 이 책 내용의 전부 또는 일부를 재사용하려면 반드시 양측의 서면동의를
  받아야 합니다.
- 잘못 만들어진 책은 구입하신 서점에서 교환해드립니다.

인스타그램 @humancube_group 페이스북 fb.com/humancube44